오세린 아눌

그리그

세르옹 아눌

"To my precious Miyo, Juni, Nino"

오래된 약속
그리고
새로운 약속

하 종 호

글터

차례

제2장 신약의 시대

제3장 4대 복음서福音書

글이 쓰인 이유를 밝힘

보통 책을 선물 받으면 책을 사서 드림으로 답례하지만, 이번에는 직접 글을 써서 답책答冊하기로 했습니다. 그러한 생각을 하게 된 계기는 아래에서 밝히겠지만 3가지 이유와 연관되어 있습니다.

그리고 이 글은 전반적으로 서간문의 형식을 취하여 쓰였습니다. 이 글 씀은 총 12여 일의 자술自述 작업으로 이루어졌고 교정에 10일쯤이 더해졌습니다. 흔히들 교정에 무슨 시간을 그리 많이 두느냐 하겠지만 저는 원래 크게 쭉(連) 써 내려간 후 나중에 일일이 나누어(分) 직접 조탁하는 편이고 전체적인 글쓰기가 끝난 후 맞춤법과 띄어쓰기, 페이지 레이아웃 등을 숙달된 분에게 맡기지 않고 직접 하느라 시간이 좀 더 길어졌습니다. 꼼꼼히 살펴본다고는 하였으나 혹시 표준어 맞춤법이나 띄어쓰기에 틀린 부분이 있더라도 양해 부탁드립니다. 쓰는 내내 마음은 즐거웠고 이것만으로는 답례가 궁색할까 싶어 미리 준비했던 인문학人文學고전을 한 권 동봉해 드립니다.

중용中庸이라는 제목으로 자사子思라는 사람이 쓴(述) 책입니다. 자사는 공자의 아들 공백어(孔伯魚 : 孔鯉)의 아들이므로 공자에게는 친손親孫이고, 공자의 말년제자 증자에게서 배웠으니 학손學孫이며 이 자사에게서 맹자가 나옵니다. 『중용』은 원래 독립으로 존재하였던 것은 아니고 『예기禮記』라는 방대한 서물書物의 한 부분이었습니다.

종교, 비非종교를 떠나 유교13경 중에서 가장 아름다운 문체이며, 공자孔子의 땀 냄새가 물씬나는 『논어論語』보다는 언어가 이미 잘 구축되어 있습니다. 2,400년 전 어느 한 중국인이 바라본 인간조건, 자연이나 진리를 체득體得하는 견해들이 나타나 있는 인문고전人文古傳으로, 기독교의 인간사랑 사상과도 부합하며 조화되어 있으면 있었지 충돌, 배치되는 내용은 거의 없을 것으로 생각됩니다. 예수에 관한 교훈은 기독교인만 알면 된다 또는 불교도가 아니므로 불교경전은 읽을 필요가 없다.

이런 류의 배타는 마치 유교학인이 아니므로, 중국인이 아니므로 논어를 읽을 필요가 없다라는 식의 편협과 무치의 핑계일 뿐이라 여겨봅니다. 유교경전이라 하여 선입관을 두실 필요도 없습니다. 유교의 교敎는 사실 교라기보다는 학學에 가까운 개념입니다. 인문론人文論, 후마니타스Humanitas 입니다. 유교는 인간생활의 자세와 도리에 관한 주제이기 때문에 따로 신神이나 구세주를 요청하지도 않습니다. 요청하지 않는 것이 상위의 개념이다라는 뜻은 아닙니다. 그들의 제사는 일종의 "조상 사랑" 시스템입니다. 낳아주시고 돌아가신 부모를 생각하거나 그 부모를 낳아주신 그 이전의 부모들을 생각하는 태도 "신종추원愼終追遠, 부모의 마지막=죽음을 신중하게 모시고 그 후 오랫동안 기억하라." 신종은 상례喪禮이고 추원은 제례祭禮인 것입니다.

제사는 바로 이런 의미에서 나온 하나의 중국적 조상숭배체계(Ancestor worship)이고 이 지구상 어느 민족이라도 역사적으로 종교적으로 부모와 그 부모의 부모를 홀대한 민족은 없었습니다. 모든 종교는 어쩌면 그 민족의 조상의 뿌리를 숭배하는 양태에서 비롯된 것이라 해도 과언은 아닙니다. 신약의 첫 관冠을 차지하는 마태복음의 첫 장도 바로 아브라함이 이삭을 낳고, 이삭이 야곱을 낳고, 장대한 "낳고~ 낳고"의 기술記述로 시작됩니다.

솔직 담백 살짝 엉뚱한 '자로'가 신神에 대해서 묻습니다. 신神이 뭡니까? 신神은 어떻게 섬깁니까?

밭 매던 일꾼이 갑자기 "광합성 작용에서 엽록소가 하는 역할은 무엇이지요? 탄소동화작용에서 수소는 어떻게 탄소와 결합합니까?" 이런 식의 생뚱스런 질문입니다. 공자가 대답합니다. 가히 우문현답입니다. 예수나 공자는 항상 재즈연주가처럼 대답합니다. 악보가 없는데도 악보를 보고 치는 것보다 더 훌륭한 연주, 그게 바로 재즈입니다.

"내가 아직 사람 섬기는(=소중히 여기는) 일도 잘 모르는데 어찌 신神을 섬기는 일을 안다 하겠느냐!"

네 옆에 있는 사람이나 잘 섬겨라=챙겨라= 사랑해라. 이 말씀입니다. 옆에 있는 사람이 바로 이웃입니다.

예수님도 같은 맥락의 말씀을 하셨습니다. 맨 후반부 요한복음에서의 '진리를 알지니'를 논할 때 다시 다루겠습니다.

"내가 너희를 사랑한 것처럼 너희들도 서로 사랑해라, 네 이웃을 사랑해라."

유학의 종조 공자는 한 번도 어떤 특정 신과 충돌한 적이 없었습니다. 아니 충돌할 필요가 없었습니다. 왜냐하면 위와 같은 생각을 비교적 늘상 견지하고 있었다고 보여 지기 때문입니다. 위와 같은 견지가 옳다 그르다, 기독교나 불교에 비해 하류다 상류다 이런 논의는 할 수 없습니다. 살아 있다면 2,500살. 공구孔丘라는 그 인물의 그때 그 생각이 그러했었기 때문입니다.

자비를 說하는 스님들이야 말로 성경을…. 특히 "서로 사랑하라! 내가 너희를 사랑한 것처럼 너희도 서로를 사랑하라" 하신 예수의 메인 테마, 인간 사랑을 기록한 신약성경을 두고두고 읽어 보아야 하실 분들이고 목회를 하시는 분일지라도 반야부의 『대반야경大般若經』은 기꺼이 읽어볼 만합니다.

반야부에 이교도적異教道的 신神이 펼쳐진 내용은 없습니다. 불교는 엄밀히 보면 신神을 요청하는 종교가 아닙니다. 자성自性의 깨달음에는 신이 요청되어지지 않습니다.

부처니 붓다 Budha니 하는 개념은 인도어로 선각자, 깨달은 자라는 뜻으로, 한국불교는 부디즘이라는 하나의 고대인도적 사유체계가 티벳티안 불교와 중국불교(=禪宗 포함)를 거쳐 우리나라에 토착화되면서 어느 정도의 기복 신앙형태를 살짝 더하여 갖추었을 뿐이지 싯다르타가 형상신形象神을 이야기한 경우는 팔만대장경 어디에도 찾아볼 수 없습니다.

불교는 인식론이고 사유체계일 뿐, 사실 종교로서 출발한 교教가 아닙니다.

반야경의 반야도 단지 산스크리트어를 포함한 인도문화권의 언어 Prajna, 쁘라가, 프라즈나, 판냐 등에 대한 음 풀이 음역音譯인 한자 '반야般若'에 대한 우리말 우리네 발음, 즉 중국어로 보자면 일종의 지방 사투리인 Ban Ya라고 발음한 말로서 '지혜'라는 뜻입니다. 혹 민족적 애국주의자를 표방하신다는 분께서 중국어의 지방 사투리라는 저의 표현이 다소 거슬린다 할 수도 있겠으나, 사실 중국어 동경東京 '뚱찡'의 지방사투리가 우리말 '동경'이며 그보다 더한 사투리가 바로 일본어

'도쿄'인 셈입니다.

사투리가 나쁠 것도 없습니다. 1.100년 전까지만 해도 지금 경주, 당시 서라벌 발음이 우리 민족(=우리네 사람들이라고 하겠습니다)들의 표준어였습니다. 한자가 중국에서 온 것은 분명하니 뭐 이런 거 가지고는 군이 사대니 우리 민족의 주체성이니 하며 날선 느낌을 가질 필요는 없다고 생각합니다. 그냥 람보, 실베스타 스텔론의 스텔론을 사태룡史太龍 쉬타이롱이라 하지 말고 사태룡이라 불러보면서 웃어넘기면 될 일입니다

반야는 고대 인도인이 바라본 지혜, 진리에 대한 개념인데, 全인류에 대한 사랑을 표방한 인류애人類愛의 종교, 기독교의 목회자가 그것을 읽어봤다고 한들 그것이 무슨 허물이 되겠습니까.

다 읽어 보진 못했지만 반야부 600여 권의 어느 한 부분도 예수님의 사상과 배치되는 부분은 없을 거라 생각해 봅니다. 화려하고 장엄하다 하여 화엄華嚴인 화엄부의 한 부분이면서, 아름다운 우주론인 관무량수경觀無量壽經에 유교 '중용中庸'의 천지론天地論과 대치할 내용이 하나도 없는 것과 똑같은 맥락입니다. 관무량수는 한량없는 무량수인 아미타를 관觀하다라는 뜻으로

부석사 무량수전 가 볼 때 이외에는 자주 사용치 않아 생소한 이 단어, 무량수라는 말은 한량없는 우주를 뜻하는 인도권 언어 Amita

아미타, 아미타유스, 아미타브아의 중국어 뜻풀이 의역意譯 일뿐이며, 부디즘 삼위일체론의 우주(은하계) 그 자체 혹은 법신法身의 개념입니다. 태양(태양계)을 뜻하는 비로자나, 바이로차나 Vairocana 화신化身보다는 조금 더 큰 개념일 뿐입니다. 관觀은 말 그대로 보다, 영어의 See, 보다, 알다, 알아 차리다의 뜻이니까.

과학적 천문학이 없던 시절 초기 부디즘 속의 관념적 우주론일 뿐입니다. 아미타불, 비로자나불은 형상화된 신神에 관한 개념이 절대 아닙니다. 암튼 모두 유불儒佛 서로 교차 비교로 읽어 보면 좋은 책들입니다.

이러한 통섭通涉과 통섭通攝의 관점에서 중용도 유학儒學의 한 서종書種이지만 인문학으로 생각하시고 편하게 읽어 보시기 바랍니다. 원래 제가 소유하고 있던 중용이 있었으나 새로운 판본을 구하였습니다. 이 판본은 한자漢字와 그 음한자(=중국어)에 대한 영문 발음과 한글 표기, 그리고 해석이 있어 읽고 이해하기 쉽습니다. 총33章의 분량이나 각 장이 한 구절로만 된 것도 있고 해서 전체 평균 7~8행/章 정도로, 책의 분량에 먼저 벽壁을 두실 필요도 없습니다. 새 책을 그대로 드려야 예의이나 漢字 한 글자 한 글자에 대한 뜻은 적혀 있지 않아 조금 생소하실 듯 한 한자들에는 제가 수기手記로 별기해놓았습니다.

다른 개별 한자들은 권사님 정도의 교양수준이나 인문적 문자를 다루는 능력이면 대부분 이해할만한 것들입니다. 군이 옥편 찾아보실 필요가 없어 읽음에 시간이 절약될 것입니다. 제가 소유하고 있는 오래된 책은 두고두고 스무 번쯤 보고 있어 제가 예전부터 몰랐던 한자에 대해서는 옥편을 찾아보며 적었던 흔적들이 고스란히 저축되어있어서 드리는 그 책에 별기하는데도 큰 시간이 들지 않았고 수고가 더해진 바도 없었습니다.

서울 4대문의 이름인 숭례, 돈화, 홍인, 숙정 그리고 궁궐명인 경복, 창덕, 창경, 덕수, 주궁主宮 경복궁 큰 대문 광화, 동네명 혜화 등의 명칭들이 모두다 이 중용의 사상에서 비롯된 것임도 읽어보시는 동안 자연스레 알게 되는 재미가 있을 것으로 기대해 봅니다.

다소 생소한 『오래된 약속 그리고 새로운 약속』이라는 제목을 붙여 신／구약에 대해서 설訛을 펼친 이유는 굳이 답책 이라는 이유 이전에, 평소 호기심이 있었던 앞으로 쓸 주제에 관해 오랫동안 제 머릿속에 이런저런 단편적 생각들이 항상 들어와 있었고, 그것들이 서로 날뛰어 부딪히며 충돌하거나 아니면 원래부터 없었던 것처럼 아주 차분히 한 구석을 자리 잡고만 있는듯해서, 언젠가는 머릿속의 서랍들을 한번 정리해 볼까 하는 생각들을 늘상 가져왔었습니다.

마침 붕우재원朋友在元과 운동 중 그늘집에서 재원이가 교회얘기를 잠시 하길래 문득 어떤 생각이 떠올라 친구야 새 성경하나 사줘 봐라 하며 장난삼아 얘기를 한 것이 연緣하고 연連해져서 결국 이 글을 씀에 이르고야 말았습니다.

애초 한 권의 책이 될 만한 분량은 아니었는데 막상 쓰다 보니 삼성 노트 기본페이지 180장을 훌쩍 넘어버렸습니다. Face off 수준의 성형 미인, 우리네 퍼스트 레이디 김 아무개 여사가 썼다는 스펙쌓기용 세간의 뉴스거리, 그 박사 논문보다는 훨씬 더 진중하고 순수한 목적의 자술自述로 쓰여졌습니다.

이 내용 또한 저의 머릿속 구조물이며 반대 견해나 제 해석에 오류가 있다 해도 그것은 오로지 저에게로 귀속될 문제입니다. 참고자료는 밝혀 놓았습니다.

분명 이 자료도 훗날, '소년약전少年略傳'을 비롯한 저의 5편의 습작소설, 100여 편의 수필 동서고전 인문적 견해를 피력한 글쓰기 등, 여러 글 자료를 일괄 조탁 정리할 때 포함될 것입니다. 젊은 시절, 승선 시절 때부터 취미삼아 습작했던 저의 자료들을 훑어보면서 시작된 일이었습니다.

글을 쓰는 일은 저의 생업生業은 아니었고 앞으로도 아닐 것이므로 판매목적의 출판은 아니며, 저는 단지 저의 두 딸에게 내 삶의 마지막 즈음에 유전遺傳할 선물의 목적으로 그간의 글 자료들을 각 300페이지 10권정도의 책으로 만들어 정리해볼 장년長年계획 염두를 가지고 있었습니다. 저의 유전자遺傳子를 지닌 두 딸에게 저의 책을 유전遺傳하는 것이야 말로 제가 남길 수 있는 최고의 선물일거라 오래전부터 생각해 왔습니다 그리고 또 다른 이유도 있습니다. 수년 전 모교인 한국해양대학교에서 국제무역학과학생들의 실무교육을 보강하자는 취지의 특강프로그램이 있어 참여한 적이 있었는데 대형선박을 조종하는 거나 위험액체화물을 하역하는 일이나 많은 종류의 선하증권을 수천 수만가지 화물별로 발행하는 이런 류의 일들이 어디 한 두 시간의 강의로 설명될 법이나 한 이야기입니까? 나중에 졸업해서 현장에서 익혀야할 學이 아닌 術의 문제들인 것입니다. 그러나 본교의 교수님들은 다들 소시적부터 상급 학위 준비 한다고 학교에 머물게 되어 현장에서의 출신들이 적은 까닭에 실무 특강 등이 간간 있어 왔습니다.

암튼 그 뻔한 해운실무의 2시간 연강을 쉬는 시간 없이 이어서 80분에 끝내기로 사전에 학생들과 약속했었고 강의의 막판에는 비상상황에서의 선박Officer의 리더십에 관해 얘기하다가 피차 지루한 해운실무(선박대리점에서의 B/L발행)와는 무관한 인문고전에 나타난 인간유형별 리더십에 대해 한 30분 정도 얘기를 했던 적이 있었습니다. 그 부분은 사전에 준비된 강의가 아니었지만 학생들도 초롱초롱 저도 RPM이 상승되어 갔습니다.

강의 막판에는 강의마치고 부산까지 내려온 저와 저녁식사나 간만에 같이 하려고 특강을 마련한 교수님이 뒷자리에 설렁하니 앉아 있었고 나름 저의 그 뒷부분의 인문적인 썰이 의아했던지 뒷풀이 자리에서 담에는 딴 거도 한번 해보세요 뭐 이런 식으로 얘기가 있었던 기억입니다.

이렇게 취중 진담 반 농담 반 그날이 지나갔고 저는 잊어버리고 있었는데 마침 제가 단체장을 했던 적이 있는 어느 NGO단체에서의 인문관련 연수프로그램 강의요청이 왔길래 그럼 자료나 한번 만들어 볼까 해서 시작된 일입니다

인문人文관련 강의요청(사실 Homo Sapiens sapiens들의 세상살이, 인간의 역사 속에 인문 아닌 것이 없습니다. 인문人文 : 사람들이 살아오면서 남긴 무늬와 결)

고교동기 재원과 공치다 교회 얘기, 그 자리에서 농담처럼 재원에게 어떤 하나의 모티베이션 차원에서 성경 요청,

이 세 가지 일들이 이틀 사이에 연달아 일어났고 마침내 나중에 재원이 아닌 권사님께서 성경을 준비했다는 소식을 듣게 된 탓에, 책을 받았으니 책을 하나 사드려서 답례를 해야겠다는 생각을 하게 되었습니다.

그리고 동시에 어떤 생각이 곧바로 확연해졌습니다. (마가복음에 유독 '곧' 유튀스라는 표현이 많습니다)

'사서가 아니라 써서 드리자… . 졸작이라도 그건 내 탓이다.'

고로 아래에 쓰여 질 내용들은

1) 권사님으로부터 성경을 선물 받은 것에 대한 감사 답책答冊 표시와

2) 강의 자료 준비의 재료물

3) 제 개인 관심사에 대한 글쓰기 자료 편입

그 세 가지 의미를 동시에 충족하는 일이 될 것입니다.

들어가기의 8할 정도 분량은 序의 본뜻과는 다르게 서간 문체를 일부 교정하는 마지막 날 글의 앞부분에 더 해졌습니다.

정확한 연대 표시와 지명, 인명, 사건이 일어난 기록의 비교 확인 등을 위해 레리 고닉의 『세계사』, F.요세푸스의 『유대전쟁사』, C.A.바톤의 『히브리 민족의 역사』, E.아나티의 『히브리민족 이전의 팔레스타인』 등을 참조하였습니다. 여태껏 특정종교를 신앙하지는 않았던 저이지만 글 쓰는 내내 낮춤의 자세로서 보내주신 성경을 옆에 두었습니다.

이 글은 35년 저의 단점인 문자중독수준의 난독의 견해이고 참조한 책은 있지만 내가 영향 받았던 그 저자의 독창적인 기술記述을 그 표현 그대로 표절한 적은 없습니다. 생각을 같이 하는 부분은 인용하였습니다. 그리고 글 쓰는 동안 성경을 옆에 둔 이유는 꼭 신앙인이여야만 일상적인 삶에 종교적인 자세를 견지 할 수 있는 것만은 아니라는 생각 때문이었습니다.

훗날 책 자료 편입을 위해 재정리할 때는 더 상세한 소제목의 순서

배열 방식을 취해서 바둑판 보듯이 주제별로 나누어 볼까 하며 글이 쓰여 진 이유도 간단히 대폭 줄여서 앞부분에 별도로 조금만 밝힐까 합니다.

문맥에 따라 지명地名 '유다'가 아닌 유대를 히브리라고 하기도, 유대민족이라고도 표현하였으며 예수님도 단순 3인칭 존재로서 객체 예수와 개인적인 존경의미가 담긴 예수님이란 표현을 번갈아 사용했습니다.

모두 성령과 성부로서의 의미를 지니는 동일同一개념, 다른 표현들. 주로 구약에 연관된 호칭은 '야훼'로, 예수님이 언급한 문구에서는 '아버지'로, 그의 제자들과 연관된 것은 '주님'으로 표현하였습니다.

모세의 회색톤 형상신 '야훼'는, 빛으로의 예수가 말한 '아버지'와는 일단 저에게는 다른 느낌입니다. 본 글의 제목에 『오래된 약속, 그리고 새로운 약속』이란 표현을 쓴 이유입니다. 이 부분에 대해서 신학적, 언어적, 해석적 논쟁을 할 의도는 전혀 없습니다. 그 이유는 다음과 같습니다.

첫째, 제 생각 제 느낌이 그렇다는 것이고 그것은 일단 저에게는 무척 중요합니다.
둘째, 저는 그럴만한 신학적 자질을 갖추거나 신학에 대해 정통한 아카데믹 과정을 밟은 사람이 아닙니다.

셋째, 저는 과학이나 수학적 해답을 구하는 학문과는 류類가 다른 人文學(=인류가 살아온 무늬를 살펴보는 배움)에서 "그래도 아카데믹한 과정은 필수적으로 중요해!"라며 강박해오는 논쟁의 해답들을 그다지 신뢰하지 않기 때문입니다. 그런 언어적 논쟁의 대부분은 해석상의 문제나 견해를 달리하는 상대를 수용하지 못하는 태도에서 비롯된 것입니다.

이방어異防語라고 표현된 외래어나 외국어를 표기한 부분은 제가 고어古語나 외국어에 능통해서가 아니고 기록이 다른 지역의 언어로 번역될 때 그 지역 언어로서는 어떻게 불리고 어떠한 의미를 지니고 있었는가를 살펴보고자 했을 뿐으로 저는 이런 일을 퍽 좋아합니다.

원래 그때 그 장소 그 사람들이 뭐하고 불렀는지는 재미를 떠나 무척 중요합니다. 단, 제 어학 수준의 상수上手와는 거리가 멉니다.

고古외국어표기 예를 들어 아람어나 헬라어는 자판에서 찾을 수도 없었고 제가 전문가도 아니어서 그 발음 그대로 알파벳으로 표기한 적이 수 차례 있습니다. 영어사전에 대부분 나오는 걸로 봐서 아! 정말 영어의 70% 이상은 헬라, 라틴, 심지어는 산스크리트어(인도유로피안계열) 그리고 타민족언어들이 마구마구 뒤섞여 성립되었다는 것을 실감할 수 있었습니다.

이름이나 외국어의 표기도 훗날의 최종 교정이나 강의 자료로 정리할 때는 일괄적으로 통일하고 서간문 형식은 대폭 수정될 것입니다.

'제1장 1. NIV성경에 이르기까지 역사譯事의 역사歷史'의 첫 부분은 권사님께 NIV성경을 전傳해받은 것과 연관해 서간문 형태로 시작하였습니다. 각주에 대한 小설명도 나중에는 각 페이지의 밑에 별기別記형식을 취할 생각입니다.

수정된다고 해서 수정본이 더 훌륭하다? 저는 그리 여기지 않습니다. 저같이 인문人文, 고전古傳을 즐겨하는 이들은 오히려 그 반대일 것입니다. 수정 편집되기 전의 원문이 가장 본질적인 것입니다.

이 서간체본이 1차 자료가 될 것입니다.
강의용 제본은 2차 자료 (수정본1)
개인 글쓰기자료 총정리 책자 완성은 3차 자료 (수정본2)

위의 1, 2, 3차次라는 설명은 앞으로 써갈 내용과도 절대 무관하지 않습니다

궁금했던 사건들과 그 궁금증을 풀어나가는 방법들에 대해 저의 근
본적인 이해의 입장을 밝힙니다.

1. 약 2,000년 전前 레반트지역과 로마속국 유다, 그 땅에서 이루어
졌던 일련의 사건들

2. 그 일들과 연관된 ‘나자렛 예수 벤 요셉’(나자렛 출신 요셉의 아들 예
수)이란 유대식 이름을 지녔지만 남부이스라엘 출신이 아닌 레반트 지
역 출신이었던 한 인물의 행적

3. 그로부터 약 2,000년이 지나 유대와는 민족적으로 이방 땅인 한
국에서 태어난 이후 줄곧 알게 모르게 예수와 연관된 여러 스토리들을
한국어로 듣거나 읽거나의 방식方式으로 접하게 된 나, 하종호

4. 그 분을 심히 존경하게 된 1,967년 한국 태생의 객자客者인 내가

바라보는 예수 그리고 유대역사와 신 / 구약을 이해하는 바탕에 대해 살펴보고자 함

맑은 거울 위로 얼굴 보듯 권사님께서는 익히 잘 알고 계신 내용들도 많겠지만, 성경을 주신 것에 대한 감사와 함께 저의 이해소략理解小略을 밝히고자 합니다.

조선 중기 성리학의 사단칠정론에 대한 경상대유 이황과 호남약관 기대승의 서한들처럼 개인 관심사에 대한 견해들은 상호 피력되어져서 나쁠 것이 없다고 생각합니다. 서로 다른 견해나 모자란 해석에 대한 타인들의 비난을 먼저 두려워할 필요도 없습니다.

위대했던 인물의 말씀이나 행적은 그의 말씀을 직접 들었던 성문청자聲聞聽者와 행적을 직접 본 목격시자目擊視者에 의해 처음 기억되고 그 기억들은 훗날 그 말씀과 행적을 기록해야 될 필요성이 부각될 때 서물書物의 형태로 성립되어 집니다. 즉

01) 말했거나 行했던자(話者 · 行者) →
02) 들었던 자나 보았던 자(聽者 · 目擊者) →
03) 직접 기억자 혹은 또 다른 전달자로부터 전해 들은 후 기억 하는 자 →
04) 그 기억을 문자로 정리하는 어느 개인, 혹은 초기편찬을 시도하는 편찬공동체의 대표자 →

05) 기록물이나 서책으로의 첫 번째 완성 →

06) 초판본의 성립 →

07) 재판본이나 편집본의 성립 →

08) 이방인의 언어로 번역 시도, 번역본의 발생 →

09) 이방에서의 적응기, 다양성의 발생 →

10) 재再번역본의 성립 →

11) 각처에서의 재번역과 재편집을 통해 이종다종異種多種번역본의
    난립 →

12) 종교대표자들의 결집 후 찬반협의와 첨삭을 통한 기록물과 서물
    들의 정형화 작업 →

13) Standardization Othodoxy본本의 성립 →

14) 일원화 규격화 명문화 이후 반복되는 재再 정형화

위와 같은 이러한 전 과정을 통해 처음 '말한 자들의 의도'들은 숱한
세월을 거쳐 전달되어져 왔습니다.

특히 고대古代의 위대한 매력자들인 예수·공자·싯다르타·소크라
테스·플라톤 등 그 최초화자最初話者들이 당시 그 지방의 언어로 설說
했던 의도들도 위와 같은 과정을 통해 오늘날 우리에게 전달되어져 왔
습니다. 공자와 플라톤은 본인이 직접 기록물을 남기기도 했습니다.
즉 본인 스스로 본인 이름의 저술을 남긴 경우가 있다는 것입니다.
3년의 공생애를 통해 수많은 가라사대를 남긴 예수나 성도 후 약
45년 간 84,000대장경이 나올 정도로 다변 다설이었던 부처, 이 두 분

은 자신들의 이름으로 글자 한 자, 밑줄 그은 문장 하나 남기지 아니하였습니다. 소크라테스에 대한 모든 기록들도 그의 수제자 플라톤이 쓴 『소크라테스의 변명』과(=재판진술이므로 『변호』라고 번역되어짐이 더 합당) 크리톤, 파이돈, 향연 등을 통해서만 남았을 뿐, 소크라테스 그 자신은 스스로 저술 하나 남기지 않았습니다.

하지만 우리는 플라톤을 통해 소크라테스의 일거수일투족을 마치 영화 보듯 생생하게 들여다 볼 수 있습니다. 소크라테스는 플라톤의 글 속에서 저자 플라톤의 소크라테스 즉, 소크라테스2로 재탄생했습니다.

오늘날 우리가 문자체계로서 실감하는 소크라테스는 소크라테스2일 가능성이 농후합니다. 이 예例가 고전을 읽는 저의 기본적인 견지시각이고 합리와 상식에 기반을 둔 이해입니다.

말한 것을 듣고 암송하다 다시 암송하여 전하다 이런 뜻을 가진 불교팔만대장경의 기초이자 시점 가장 오래된 원시불교경전인 아함경도 마찬가지입니다. 흔히 그 흔한 반야심경쯤만 아시는 분들이 아함경? 그 뭐지 그거 무슨 하품하는 소리인가? 할지 몰라도 모든 불교경전이 이 '아함'이라는 바다에서 나온 것으로 보면 틀리지 않습니다. 아함이 바다, '部'가 태평양, '經'이 동해, 이러한 차원으로 반야심경은 울산 장생포 앞바다 정도로 비유하면 정확합니다.

실제 반야부 약 600여 권의 577번 책 중의 일부 한 챕터가 범어梵語

'Vajra 바즈라 : 벼락경 부분인데 이것은 한자로 '능단금강분能斷金鋼分'이라 하여 지혜의 '벼락'이 가장 단단한 금강까지 쪼갠다 하여 그냥 '금강경'으로 번역한 것이고 그걸 다시 압축해 줄인 것이 '반야심경'이니 위의 비유가 결코 틀린 것은 아닙니다. (「참고 : 금강경은 영어로 Diamond Sutra로 번역)

잠시 '아함'의 설명을 위해 암송에 대한 인도정신으로 방향을 살짝 틀어보겠습니다. 아함阿含은 Agama 아가마의 한역漢譯이며 산스크리트어의 말로 '전승하다'라는 뜻이고 원시불교의 원시경전이 주로 쓰여졌던 팔리어의 'Nikaya 니까야'로 남아 있습니다. 사실 옆에 표기한 알파벳 문자는 의미가 없습니다. 하지만 영어사전에는 나옵니다. 음音 표기일뿐 우리말 아가마 니까야 등의 표기랑 하등 차이가 없습니다.

원시는 미개가 아니고 초기란 뜻으로 이해 바랍니다. 이 니까야가 없었더라면 팔만사천대장경이라는 불리는(册 약 2,700여 권 분량)의 아함부, 화엄부, 반야부, 열반부 4부를 포함하는, 그 인류사 최대의 방대서물인 불교의 경經, 율律, 론論, 즉 삼장三藏은 모두 없었을 것입니다. 말하여 전승한다는 아함처럼 싯다르타의 '말했음'을 구전했던 암송자의 사유 속의 싯다르타1은 싯다르타2가 될 수밖에 없었습니다.

보살전생경의 마야부인 옆구리 탄생설, 탄생 직후 천상천하유아독존 선포설 같은 정말 김밥 옆구리 터지는 소리 같은 설화들은 후대의 양념으로서 세존의 존귀함 등을 상징하며 암송전달자의 머리 속

판소리가 흥부가1에서 흥부가2로 각색될 때의 것들이라 보면 상식적입니다.

문서 없는 순수 암송전달자는 암송수지자의 흥미나 전달자본인의 방대한 머릿속 기억을 단계적으로 정리하는 차원에서 중간 중간에 그런 특별한 기억의 이정표 같은 부분으로 설화 문학적 내용들을 첨부할 수밖에 없었을 것입니다.

초기 불교경전들의 무수한 반복구 후렴구 등을 보면 그것이 우리의 판소리 심청가 완창과 다를 것이 하나도 없다는 것을 쉬이 알 수 있습니다. 반복후렴구는 암송의 편의성, 리듬과 결코 무관치 않습니다. 비틀즈의 명곡 'Yesterday'의 도입구도 항상 반복되는 것과 비슷한 맥락입니다.

고상한 경전 얘기 하다가 갑자기 왠 유행가 운운이냐 하실지 몰라도 대부분 암송에는 약간의 리듬이 들어갑니다. 사찰을 끼고도는 등산로 산책길에서 가끔 한 번씩 듣게 되는 비록 확성기를 통해서 나오는 소리이지만 스님이 염불하는 소리를 한번 상상해 보십시오. 속도를 조금만 빠르게 돌리면 유명 래퍼 도끼가 랩하는 거나 별반 차이가 없습니다. 초기 암송자전달자들 그들은 인류사 최초의 래퍼들이었습니다.

지금도 인도의 힌두 브라만들은 모든 교육정보들을 오로지 암송을 통해서만 스승으로부터 제자들에게 전승합니다. 상상을 초월할만한 분량의 지식체계 베다 등이 오로지 암송으로 전달 습득됩니다. 21세기에 이게 무슨 귀신 씨나락 까먹는 소리냐 하시겠지만 엄연한 사실입니다. 행여 이상한 외모와 긴 수염 장발 이런 구루(=수행자)들을 상상할수도 있겠지만 그렇지 않습니다. 지금도 터어키 이스탄불공항이나 그리스 이오니아 지방에서 간혹 볼 수 있는 복장들과 비슷한 토라 같은 얇은 흰옷을 입고 단정한 외모를 갖춘 이들은 경제적으로나 계급적으로나 인도 상류 1%의 집단입니다. 그래서 인도 브라만, 브라만 하는 것입니다.

하루 종일, 평생 중얼중얼 이것이 암송입니다. 밀교형태의 티벳불교도 이와 같은 영향으로 하루 종일 중얼중얼 암송합니다. 밀교의 密은 비밀이라는 뜻이지만 스승과 제자 사이의 밀전密傳, 둘만의 관계 속에서 수계되는 양식을 뜻합니다. 심지어는 피타고라스의 정리까지 고대 인도식의 풀이방식으로 암송하니 그 내용의 방대함은 상상불허 그 자체입니다. '바그바드기타'나 '라마야나' 같은 힌두 대표 서물들의 징글징글한 분량을 한번 생각해 보십시오. 미국 내 최고 수학자들 중 대부분이 인도인인 이유는 이런 암송문화(=머리 속 지도그리기, 지도 찾기)의 천재들이라서 그럴까요?

인도는 힌두Hindu에서 h가 묵음이 된 발음입니다. 즉 힌두이즘, 힌두교, 인도교는 쉽게 말하면 별 뜻 아닌 인도인들의 정신, 실제 어떤 한 종교라기보다는 인도인들의 삶의 방식에 대한 방대한 사유체계입니다. 힌두교에 등장하는 여러 신들이나 형상은 그저 상징성이나 관념적인 것들을 표현하는 암송전승문화의 어떤 추임새 양념 같은 것들입니다. 포세이돈이라는 아이코니즘(형상주의)의 대표 아이콘 삼지창 같은 것입니다. 결국 인도교의 베다는 수많은 암송전달자와 암송수지자 사이의 전승물인 것입니다. 지금은 물론 모두 문자로 서물화 되었습니다.

부디즘은 힌두이즘의 걸출한 조카입니다. 걸출하지만 그 인도적인 사유체계(原祖 한 할아버지)에서 비롯된 뿌리를 뽑아버릴 수는 없었습니다. 아함경 속의 싯타르타도 2,600년 전 그 실존의 고타마 싯타르타에서 암송자들의 싯다르타, 즉 싯다르타2로 변모(=주로 격상임) 혹은 주가를 상승시켰습니다.

암송전달 이후와 기억수지 이후 문자 체계자료로 어떤 정보를 남기는 행위 즉, 집필이란 더욱 더 그런 것이고 요즘 같은 시절에 어느 누가 자서전이나 전기문을 대필해서 남기는 경우에도 그런 사례는 허다합니다. '호암자전'에서 이병철1은 이병철2로 집필됩니다. 물론 전혀 없는 이야기가 꾸며져서 소설처럼 지어진다는 뜻은 당연히 아닙니다.

성경, 특히 신약의 경우도 마찬가지입니다. 물론 성경은 성령으로 쓰여 졌다는 기독교 내에서의 지극히 당연한 표현들이 있습니다만 그것은 종교와 신앙의 체계 안에서는 그것을 믿는 사람이라면 누구나가 다 굳게 지녀야 할 종교상의 경외심 혹은 굳건한 신앙심의 비유로서

인식되어져야하지 성경이라는 서물書物의 성립 자체에 위와 같은 정형화의 과정이 하나도 없었다고 볼 수는 없습니다.

저는 이러한 이해의 기본 바탕 위에서 경전의 성격을 지니는 모든 서물書物들의 읽는 방법들을 익혀왔습니다.

제1장 구약에서 신약의 입구까지

저는 이 글이 논論의 형식이 아니라 일종의 편지글 형식으로 쓰여진다는 것과 본문에 앞선 들어가기의 일부분이 교정하는 마지막 즈음에 쓰여 졌다는 것을 앞서 밝혔습니다. 저의 아마추어리즘을 변명할 필요 없이 서간체 문맥상 큰 문제가 없는 듯 하여 그대로 밝힙니다. 여기까지 오페라의 시작인 서곡을 마치고 교향곡의 2악장격인 서간문의 본론으로 들어가겠습니다.

1. NIV성경에 이르기까지 역사譯事의 역사歷史

권사님 평안하신지요? 보내주신 새 번역본 한영성경책은 소중히 잘 받았습니다. 모자라지만 평생을 간간히 예수읽기를 좋아하는 저인지라 새로 번역된 NIV(新국제표준버전)성경을 받고 무척 좋았습니다.

17세기 초를 살았던 프랑스 가톨릭 예수회 소속 이탈리아인 마테오 리치의 『천주실의天主實義』가 중국을 통해 18세기 조선에 소개된 이후, 정식기독교성경이 우리 땅에서 한문이 아닌 우리말로 번역된 지도, 여러 이설이 있긴 하나 130여년의 세월이 흘렀습니다.

그간 제가 보아왔던 舊성경은 구한말 이후 해방기를 거쳐 근현대사를 지나는 동안 기존의 어색한 오래된 어체들이 여전히 많이 남아 있었습니다. 그 이유는 섣부른 번역이 성경의 위대한 종지宗志를 해칠 수 있다거나 혹은 오역의 실수는 절대 범할 수 없다는, 이 땅에서 신학, 목회하셨던 분들[1]의 다소 강박적인 우려와 번역자들의 서로 꺼려함에 따라, 어느 누가 혼자 나서서 할 수 없는 일이 되어버렸습니다.

신학적인 해석과 번역, 이 분야만큼 견해를 달리하는 상대방에 대해 심한 비방과 독설에 가까운 이견이 다양이 존재하는 곳도 드물 것입니다. 종교개혁을 함께 이루었던 두 거장 루터와 츠빙글리도 결국 예배에 사용하는 빵과 포도주가 '진짜 예수님의 살과 피로서의 그것이다!', '아니다. 비유로서의 표현이다'를 두고 논쟁하다 결국 죽을 때까지 다시 보지 않을 정도로 멀어져 버렸습니다. 루터는 츠빙글리를 이단으로 몰았습니다. 나중에 츠빙글리가 죽자 정말 속이 후련하다라

---

1 한국 동란 후 한국개신교의 급성장 초기에는 월남한 이북출신이면서 수도권에서 교회 활동하셨던 분들이 1990년대의 말까지 한국기독교사회의 대세원로 또는 대형교회의 당회장들이였습니다. 당회장이란 뜻은 우리나라 초기 대형교회의 성장 때 사용된 개념으로 같은 계통 예배당, 교회당의 수장, 즉 시나고그 프린스플이란 뜻입니다.

고 했습니다.

교황(구세력)에 들고 일어난 신사상 소유자 루터도 츠빙글리에게는 이미 구세력이었습니다. 조선의 창업 주주들 유교 신진사대부들은 창업이 이루어지고 나서는 훈구파(고문)가 되었습니다. 포도주는 포도 주고 빵은 빵이지 그게 무슨 진짜 피와 살이냐구? 그걸 비유와 의미로서 받아들여야지. 이런 견해를 버릴 수 없었던 스위스파 츠빙글리는 루터가 한심했을 것이고 독일의 수도사였다가 비텐베르크 대학의 교수가 된 상대적 보수파 루터는 츠뱅글리를 본질도 모르는 어느 싹수가 노란 놈 정도로 봤을 것입니다. 민감할 수밖에 없는 부분이지만 해석의 여지, 이해의 지평은 다양할 수도 있다고 여겨봅니다.

예수님 사후 복음서의 성립과정이나 타민족으로의 유앙젤리온(=에반젤리온=전도=복음의 전파) 과정에서 다양한 타민족언어로의 번역, 해석되어진 역사譯事는 2,000여 년을 거치는 동안 시대적으로 많은 논쟁들을 낳기도 한 것이 사실입니다. 이는 1,700년 전 로마(=한 도시이름을 뜻함)를 중심으로 하는, 다 민족, 다 국가 식민지배 초거대제국 로마(=통치형태로서의 로마를 뜻함)에서의 기독교공인 이후, 제국의 사상통일을 위해 니케아공회, 칼케돈공회, 에베소공회와 같은 다국적 대표주교간의 결정회의가 끊임없이 열리게 되었던 이유이기도 했습니다.

20세기 후반에 태어나 현재 21세기의 초반을 살아가고 있고, 현재 경기, 서울 지방방언을 표준한국어로 인정하는 문자 교육체계에 익숙

해졌지만 여전히 경상도 말을 모어母語로 사용하는 저에게도 이 문제는 똑같이 적용되어 왔습니다.[2]

옛 성경에는 이해불가의 단어들과 표준문법에 어긋난 문맥들이 솔직히 부지기수 였습니다. 제가 성경의 구레뇨와 수리아가 퀴리노스와 시리아인 걸 안 건 30살이 넘어서였습니다. 고문헌 특히 성서의 경우, 한 글자 한 문장에 대한 그 지방어의 다른 해석으로 여러 종파가 생겨나게 되었습니다. 그 결과 그 종지마저 흐려버릴 수 있는 지방에서의 변형토착화(=이단)의 경우가 종교 역사적으로 헤아릴 수 없이 많이 발생했습니다.

니케아공회와 칼케돈 공회에서의 아리우스파, 네스토리우스파 퇴출논쟁의 경우가 바로 그러한 것들입니다. 사실 이단, 하이레시스 heresies는 해석을 선택하다 뜻이 포함되어 있으며 정반합(정2) 정2반합(정3)의 이 과정들이 기독교의 발전에도 기여한 것은 사실입니다. 개신기독교 이 자체가 이미 그레코 로만 형식의 기존 가톨릭에서 변화된 형태임은 역사적으로 부인할 수 없습니다.

한국어 대한성서공동번역회 舊성경의 현대 우리말과는 거리감이 많은 고문체로 평생을 읽어온 저로서는 보내주신 NIV 새 번역본은 말

---

2 저는 여전히 서울말이 어색하고 때로는 알아듣기 힘들며 재미삼아 경상도 '울산어'로 쓴 습작 단편소설이 서너 편 있습니다. 박경리의 『토지』는 경남 하동군 악양면의 지방 사투리로, 조정래의 『태백산맥』은 전남 보성군 벌교읍의 지방사투리로 쓰여졌습니다.

그대로 쉽고 편한 성경해석과 본의本意를 영어표현과 현대어로 비교해 볼 수 있다는 실감의 느낌, 그 자체만으로 큰 신선함이 되었고 앞으로도 내내 그리할 것입니다.

예수님 출생 직전과 사후 50년 그 즈음, 바리세파, 사두개파, 열심당원과(제롯파)와 더불어 당시 유대사회의 새로운 원리주의적 종파로써 유대민족회복운동의 한 축을 이루었던 에세네파의 관점에서 바라본 유대율법, 제사방식, 집단 생활규칙 등을 양피지와 파피루스에 히브리어, 아람어, 헬라어등의 다양한 언어로 기록했던 최고본最古本의 사해문서(쿰란문서 성서부분은 구약의 일부분만 기록 되어져 있음)는 일단 제외하더라도, 신약성서의 꽃, 4대복음서인 초기 마가, 마태, 누가. 요한 복음과 바울의 편지들은 그 대부분이 히브리어가 아닌 당시 국제어인 헬라어(=그리스어)로 성립되었습니다.

하지만 본디 예수님은 아람어 사용자였습니다. 멜 깁슨이 제작 감독했던 영화 '패션 오브 크라이스트'에서 예수 역으로 출연한 제임스 카바잘이 말하는 그 언어가 바로 아람어입니다. 멜 깁슨은 예수와 연관된 가족, 제자, 북부 사람들이 쓰는 말은 전부 아람어로 대본을 준비했습니다. 배우들이 대본을 외우느라 실로 엄청난 고생을 했다고 합니다. 물론 저는 아람어를 모릅니다만 어머니 마리아(모니카 벨루치 분)가 아들을 부르면서 '야수아'라고 했던 대목이 기억납니다.

저는 분명 그리 들었습니다, 저에게는 분명 그렇게 들렸습니다. '야수아'. 그리고 신기했습니다. "아~!! 2,000년 전 그분의 이름이 원래 이 발음에 가깝구나…"[3] '야수아'는 암튼 지저스 Jesus보다는, 저의 모국어 인 한국어 경상도발음에 훨씬 더 가까웠습니다.

예수님의 모국어인 아람어[4] 말씀은 그것을 직접 들었던 제자나 공동 체의 추종자들이 예수님 사후 예루살렘을 피해 달아나서 지금 시리아 의 다마섹(=다마스쿠스) 그리고 터어키의 에베소(=에페소스),안티옥(=안티 오케이아), 그리스의 고린도(=코린토스), 데살로니가(=살로니키) 로마제국 의 수도 로마에서 크리스차니즘 공동체를 형성하는 동안 주로 헬라어 로 성립되었습니다.

그리스정교의 헬라어, 러시아정교의 키릴문자[5] 성경의 성립과 더불 어 콘스탄티누스황제의 기독교공인이후 로마에서는 줄곧 성직자계급 이나 식자계층의 특권언어였던 라틴어로만 성경이 필사되어지고 읽혀 왔습니다. 서민은 라틴어성경을 읽을 수가 없었고 그 당시 대분의 지 식자료들과 종교 기록물등은 카톨릭교회 안에서만 열람, 탐독가능한

---

3 저는 이런 느낌에서 어떤 묘한 감정에 빠집니다. 태조 이성계의 진짜 발음은 지금의 북 한말과도 많이 다를 것입니다. 그는 원나라 쌍성총관부 벼슬을 했던 동북방면 이자춘의 아들입니다. 이자춘은 전주에서 관기를 희롱하다 거의 압록강 이북으로 도망갔던 이안 사의 아들 이행리가 낳은 이춘의 아들이고 그들은 전부 원나라 시절 3대에 걸쳐 고려 가 아닌 원나라 벼슬을 했습니다. 고로 이성계 그는 아주 심한 이미 북방어 사용자였을 것입니다. 지금의 저와 대화한다면 저는 그의 말을 거의 알아듣지 못할 것입니다.
4 당시 북이스라엘의 갈릴리, 나자렛, 막달리아, 사마리아, 다마스쿠스 고대 페니키아 레 반트지역의 공용어.
5 러시아 발음을 특히 성경을 그리스 문자로 표기, 원래 문자가 없었던 러시아지역어가 이 키릴문자를 사용함으로써 현 러시아 문자도 그리스문자와 비슷하다.

정보물들이였습니다.

그 후 면죄부파동으로 로만 가톨릭에 대한 유럽 국가들의 전향과 저항운동이 거세지게 되었고, 루터, 칼뱅, 츠빙글리의 종교개혁이 이루어진 탓에 오로지 성직자들의 전유물이였던 라틴어성경은 비로소 평서민 누구나가 쉽게 읽을 수 있는 독일어와 프랑스어 스위스어 그리고 영국 청교도들의 영어로 왕성하게 번역되어지게 되었던 것입니다.

영국의 성공회는 헨리8세의 개인적인 문제, 형수이자 아내였던 스페인왕녀 캐서린과의 이혼문제로 성립된 것이므로 이 논의에서는 제외합니다. 하지만, 종교종파의 발생은 역사적으로 성경 그 자체의 해석보다는 국내의 정치적 문제, 성직자간의 알력, 기독교국가간의 전쟁 등과 연관이 깊습니다.

이후 영국에서의 여러 복잡했던 정치상황과 맞물려 박해를 피해 퓨리탄들이 미국으로 건너가게 되었고 그 후 미국개신교의 한 지파였던 감리교선교사 아펜젤러가 1,885년 조선에 배재학당을 세우면서, 비로소 우리 민족이 본격적으로 예수님 말씀을 우리말로 실감하게 된 치열한 번역과 해석의 역사가 시작되게 되었습니다.

전 세계 교회가 있었던 모든 땅 위에서의 譯事처럼 이 땅에서도 그 작업은 지금껏 숱한 문제를 발생시켜가며 또 극복해가며 면면히 줄기차게 이어져 오고 있습니다. 보내주신 NIV(New International Version)

한영성경책도 Version이라는 표시가 보여주듯 그 장대한 번역, 해석의 역사 중 하나임이 분명하고 이 또한 언젠가는 여러 신학자들과 고증학자, 종교학자, 고문헌학자 그리고 다양한 전문가들의 숙의를 거친 후 공동으로 재해석되고 새로이 번역되어질 것입니다.

2. 오래된 약속, 새로운 약속을 이해하는 자세와 유대인

구약[6]과 특히, 신약[7]에 대해 성경을 읽는 저의 바탕적 이해의 자세를 밝힘에 앞서 히브리민족, 즉 역사적으로 그 말도 많고 탈도 않았던 유대인, 유대민족(Jew / Judaeus)에 대해 우선 먼저 살펴볼까 합니다.

히브리민족을 모른 채 성경의 시작을 이야기할 수는 없습니다. 그것은 철광석의 녹는 점을 모르면서 포스코의 심장인 용광로시스템을 설계하는 것과 다를 바 없으며, 이성계와 그의 아들 방원 그리고 정도전을 빼고 조선건국을 이야기 하는 것과 같습니다. 한마디로 말도 안되는 얘기라는 뜻입니다.

구약과 신약은 옛 약속과 새로운 약속, 이런 뜻입니다. 흔히 새로운

---

6 팔레스타인 지역을 중심으로 이주, 거주, 재이주, 재거주, 유수, 타민족의 피지배, 멸망, 재건, 재멸망, 재재건을 반복했던 그 선택민족 히브리들과 그들이 오로지 유일신이라는 믿는 야훼(여호아, Yahweh, Jehovah) 사이에 맺어진 오래된 계약.
7 성령·성부·성자 삼위일체로서의 메시아 그리스도 예수와 전 인류간에 맺어진 새로운 계약.

계약이 발생하면 구계약은 파기되는 것이 마땅하나 성경의 성립에는 그런 방식이 적용되지 못했습니다. 예수 사후 초기 기독교공동체 주 구성원들의 대부분이 유대교에서 개종한 유대인들로부터 시작되었기 때문입니다. 나중에 살펴보는 일이 되겠지만 특히 마태복음서의 경우에 그러한 면은 두드러집니다.

예수교는 로마치하에서의 율법주의 특히 바리새파와 사두캐파의 숨막히는 형식주의, 남녀차별, 병자차별, 이방인 차별 등에 반대하여 일어난 새로운 나라의 도래를 선포하는 신개념의 인간 사랑, 인간 평등 운동이었지만 크리스차니즘의 선봉에 선 4대공관복음의 저자(혹은 공동체)들이나 사도 바울마저도 유대민족의 뿌리를 완전히 배제할 수는 없었습니다.

토라(=가르킴, 인도라는 뜻)라고 불리는 모세 오경 시대의 종조宗祖 아브라함과 모세 그리고 모세의 뒤를 잇는 부족의 군사지도자 여호수아와 판관들의 지배시대, 덩치 큰 사울을 왕으로 세웠던 예언자 사무엘과 그 불민한 사울을 대신해 숙적 블랏셋인(현 팔레스타인) 무적거인 골리앗을 돌팔매로 기절시키고 목을 자른 피리 부는 미소년, 구약의 슈퍼스타, 목동 다윗 그리고 그 다윗이 사랑한 기민한 애첩 밧세바의 아들 솔로몬, 바빌론 유수로부터 돌아와 예루살렘 성전을 재건한 느헤미아 등등 구약시대의 대표 히브리인들 이 사람들을 개개인의 이야기를 하기에 앞서 우선 유대민족의 기원부터 알아보겠습니다.

3. 유대민족의 뿌리, 구약에 기록된 조상들

약 5,000년 전 티그리스 강과 유프라테스 강이 만나는 초승달 삼각주 메소포타미아[8] 지역의 비옥한 토지를 바탕으로 키시, 라가시, 니푸르, 우루크, 우르, 에리두 등과 같은 풍요도시와 수메르문명이 생겨나게 되었습니다. 이 지역에 이민족[9]을 포함해서 인근의 산악, 사막, 해안가 지역으로 부터 많은 사람들이 몰려들기 시작했습니다.

요즘도 서울, 도쿄, 뉴욕처럼 경제와 문화가 번성하는 곳으로 사람들이 몰려드는 것처럼 이러한 현상은 예나 지금이 다를 것이 없습니다. 기록이 남아있는 인류 최초의 서사시로 유명한 길가메시와 작게시를 정점으로 수메르는 점점 쇠퇴하기 시작하였고, 우리네 곰이 쑥과 마늘을 먹고 웅녀 즉 사람이 되고, 호랑이는 뛰쳐나갔다는, 즉 짐승으로 남았다는 토템신화적인, 실제로는 곰을 믿는 부족이 호랑이를 믿는 부족을 싸워 이겨 어느 지역을 장악 했던 것으로 보이는 그런 꿈같은 전설상의 이야기가 등장하는 약 4,400년 전, 기원전 2,370년경, 수메르인들과 같이 섞여 살던 아가데 지역출신의 셈족 젊은 장교인 '샤르곤'이 반란을 일으켜 수메르왕을 몰아내게 됩니다.

셈[10]족이 바로 유대민족의 뿌리입니다. 샤르곤은 50여 년간 수메르

---

8 메소=중간, 사이. 포타미아=강
9 언어가 다르고 믿는 저마다의 神들이 다르다는 뜻.
10 구약 홍수신화 노아의 장자 이름.

지역을 다스렸으나 그가 사망한 후 증손자대에 이르러 다시 수메르인에게 패배하였다가 100여년이 지나서 셈족은 다시 수메르를 멸망시켰는데, 이들은 마르투라고 불리는 사막 유목민 출신의 셈족이었습니다. 마르투는 미개, 야만 이런 의미가 포함되어 있습니다. 비옥한 서울 수메르(=우르)에 비해 사막 광야출신들은 상대적으로 미개 바바리안으로 표현될 수밖에 없었을 것입니다.

훗날 산악 민족인 엘람인[11]들이 마르투족을 침입했으나 대규모의 살상과 약탈만 한 후 철수해 버린 탓에 수메르지역은 다시 일부 살아남은 마르투 들의 차지가 되었습니다. 그 후 기원전 1,790년 새로운 무장세력인 함무라비가 바빌론지역을 완전히 평정하였고, 강력한 함무라비 치세 기간 중 그는 이 지역에 수많은 지구라트[12]를 비롯한 대규모 토목공사와 건축물들을 지었습니다. 수도 바빌로니아는 당시 최대의 도시가 되었고 펌프가 없던 시절 옥상정원과 분수가 있을 정도로 도시기반 시설이 발전한 바로 세상의 중심, 요즘으로 치면 뉴욕, 파리, 런던, 베이징, 두바이었습니다.

당연히 도시건설의 노동력과 재원들은 대부분 타 지역 출신들로부터 혹독하게 갹출되었습니다. 고층 대규모 옥상정원과 분수, 이것을 생각하면 그때의 노예들이 얼마나 고생했는지 짐작할 만합니다. 파라

---

11 현 이란 남부지역인.
12 성경에는 바벨탑으로 묘사.

오의 피라미드, 진시왕의 만리장성은 말 알아듣는 짐승인 사람 노예들의 피로써 세워진 유물들입니다.

종교의 이름으로 지어진 바티칸의 성 베드로 성당의 상상을 초월하는 정면 대기둥들의 크기와 건물 시작과 끝, 안과 밖 전후좌우상하에 걸친 그 웅장속의 섬세함과 화려함을 직접보면서 저는 무려 120년에 걸쳐 지어졌던 그 건축물을 위해 얼마나 많은 강제력의 동원과 면죄부의 판매가 이루어졌을까 하는 생각을 하지 않을 수 없었습니다. 교황의 권력이 그만큼 압도적이었다는 얘기입니다.

4. 씨족사회 씨족장자 아브라함에서 요셉까지

이러한 비수메르 이민족에 대한 차별과 핍박에 마르투족의 한 사람이었던 아브라함(=대장, 종갓집 아버지라는 뜻)이 분연히 일어나 수메르에서의 도시생활(=농경+상업+향락문화)을 포기하고 자신의 처인 사라, 조카 롯과 하인들을 포함한 소수의 히브리 민족들을 이끌고 나와 가나안 부근의 벌판에서 목축업을 주로 하는 생활로 전환하게 되었습니다. 수메르의 도시들에 비하면 그 지역은 광야일 뿐입니다. '나는 자연인이다'가 된 것입니다.

블록버스터가 연상되어지는 소돔과 고모라(=우르에서의 이교도적 도심생활을 징벌적으로 묘사) 스토리에 등장하는 그 롯과 소금 기둥으로 변했다는 롯의 처 이야기, 그리고 아내를 잃은 아버지를 위로하기 위해 롯의 두 딸들이 아버지를 잔뜩 취하게 한 후 돌아가면서 유혹해 모압과 아몬을 낳았다는 구약성경에서의 근친 기록들은 바로 이때로부터 구전된 이야기입니다.

아브라함은 자신이 믿는 야훼라는 신에 충직한 사람 이였고 우르(도시)에서의 생활이 야훼의 뜻에 반한다고 생각했습니다. 그 후 정실 사라로 부터 아들을 얻지 못하자 사라의 몸종 하갈로 부터 이슈마엘을 얻었고 훗날 노령에 이르러서야 사라가 늦게 임신하여 장자 이삭(=웃는다, 웃음이라는 뜻)을 낳습니다.

그 정실의 장자 이삭이 낳은 야곱[13]이 낳은 12아들 중 요셉[14]이라는 아들이 형들의 나쁜 행동을 아버지 야곱에게 말했다는 이유로 형제들의 미움을 받아 인근 다른 민족 다른 나라 애굽(이집트)으로 팔려가게 되고 애굽에서 스스로 자수성가한 요셉은 재상의 자리에 오릅니다. 재주와 능력이 남다른 인물이었음에 분명하고 요즘으로 치면 농수산부장관 겸 재무부장관, 총리를 겸하게 됩니다 곡식생산증대의 기록 등이 있습니다.

가나안 땅에 기근이 들자 아버지 야곱과 요셉의 형제들이 요셉을 찾

---

13 발꿈치를 잡다, 속이다 라는 뜻. 형인 에서가를 속이고 그의 장자권을 뺏음 천사와 야간씨름을 경험한 후 '이스라엘'로 개명. 하나님의 힘을 가진 이라는 뜻.
14 더해지다라는 뜻.

아 애굽으로 가게 되고 요셉은 형제들에게 애굽의 고센지역에 있는 기름진 땅을 내어줍니다. 실질적인 장자였던 현명한 요셉의 덕행으로 아브라함, 이삭. 야곱의 후손들 즉 히브리민족들은 애굽에서 비교적 잘 지냅니다.

5. 엄격한 부족장의 탄생, 물에서 건진 자 모세

그러나 요셉이 죽은 후 철저히 독립적이며 이질적이고 배타적인 종교와 문화를 견지했던 히브리민족에 대한 애굽 지도층들의 인식에 변화가 일어나게 됩니다. 세금징수문제가 있었을 것으로 보여집니다. 야훼 이외의 다른 신을 섬기는 애굽의 신전물 건설에 세금을 내는 행위는 히브리인들에게는 근본적으로 해서는 안 되는 일이었을 것입니다.

결국 극심한 노동력 착취[15]와 기근 등 숱한 갈등의 국면에서 모세[16]는 히브리노예를 학대 희롱하는 애굽의 감독관을 죽이게 되고 살인죄 처벌을 피해 홍해끝 동북쪽 시나이반도를 건너 도망간 후 그 지역 부족장이었던 이드로의 집에 머물게 되며 민족적 정체성을 고양한 모세

---

15 나일삼각주 신도시 건설 후 수도 이전, 테배의 룩소르 신전, 아부심벨 대신전 건설.
16 물에서 건진 이 라는 뜻. 히브리식 이름이 아니고 애굽어 이름. 근대사적으로 치면 해방 전 일본 도쿄에 살았던 고위층고급지식인, 재일교포2세 반일본 저항세력 독립운동가 한국인 정도로 보시면 됩니다. 모세는 장년이 될 때까지 히브리말에 서툴렀습니다.

는 나중에 이드로의 딸 십보라를 아내로 얻게 됩니다. 이때 이미 시나 이반도를 한번 건넜던 경험은 후일 홍해의 기적 스토리를 근거 있게 합니다.

저는 구약의 기적이나 불가사의를 단순히 신화적인 요소로만 읽지는 않습니다. 우리의 단군신화와 일본 건국신화인 이자나기, 이자나미, 아마테라스, 호노니니기 신화에도 그 신화적인 요소가 지향하는 어떤 민족사적 이면의 의미가 반드시 있다고 저는 생각합니다.

홍해건넘(과월, 유월)은 구약출애굽기의 하이라이트입니다. 해방과 희망이라는 새로운 드라마틱한 비젼의 상징입니다. 영화의 시나리오를 쓴다면 이 부분에 가장 많은 제작비를 사용해야 할 것으로 기획되어져야만 합니다.

타의 추종을 불허했던 카리스마와 표독스러울 만큼 강했던 의지력 그리고 고급지식을 가진 모세는 홍해지역의 조수간만의 차에 대한 특별한 지식이 있었던 걸로 보입니다. 시나이반도를 건넌 후 광야유랑기 간동안에도 모세는 희한하게도 물이 있는 지역을 귀신과 같이 찾아내거나 먹을 수 있는 혹은 그러지 못하는 짐승, 식물, 벌레 심지어 새똥 안의 씨앗까지 분별했던 기록들이 있습니다.

하나님의 인도라는 종교적 표현은 잠시 접어두더라도 자연현상, 지질, 지리학 등을 잘 이해했고 당시의 잡학에도 달통한 지도자였다라는 뜻입니다. 잡학을 무시해서는 안 됩니다. 고대 시대에 그런 자질이 없이는, 비상상태에서 어느 한 무리를 이끄는 지도자가 되기는 힘듭니다.

암튼 이민족인 히브리인들과의 갈등을 피할 수 없었던 파라오[17]는 재在 애굽 히브리민족의 지도자 모세에게 출애굽을 허락하게 됩니다. 다시 마음이 바뀐 파라오의 추격을 피해 모세는 현 이스라엘 쪽의 시나이반도로 건너와서 새로운 터전을 잡기 위해 긴 세월을 노력합니다.[18] 40년의 방황으로 묘사되어있습니다.

성경에는 고난의 상징으로 40이란 표현이 자주 등장합니다. 출애굽 이후 모세의 40년 방황, 엘리아의 호렙산 40일 피신, 예수의 40일간의 광야 고행, 기나긴 시절 광야를 유랑하는 것으로 묘사된 성경의 내용은 현실적으로 그 지역에는 이미 다른 부족들이 살고 있었을 것이고, 애굽에서 넘어온 부족에게 "아이고 어서오세요. 이 땅 좀 제발 가져가세요" 했을 리는 만무했을 것이라는 추정으로도 이해됩니다.

---

17 아멘호테프4세=아켄아톤이었을 것으로 추정. 출애굽(엑소도스)는 기원전1420년 전 즈음의 사건.
18 20세기 초 이집트 홍해 쪽 북 포트세이드항과 지중해 쪽 남 알렉산드리아항을 잇는 수에즈운하가 개통되었지만 당시에는 지중해와 홍해의 끝자락으로 연결되어있었고 밀물과 썰물에 관계없이 충분히 건널 수 있는 저지대 지역이었음. 도크에 물을 채워 산은 타고 넘는 파나마운하와 달리 수에즈운하는 얕은 물 지역을 준설한 것으로 저는 개인적으로 그곳을 20차례 이상 항행. 이집트 쪽에서 보면 이스라엘 쪽 시나이반도 쪽의 집들도 보일 정도로 가까운 거리임.

또한 가나안땅의 기존 히브리민족들은 이미 그 지역에서 수 백년 간 살고 있었던 이민족과 섞여서 결혼도 하고 다른 신[19]을 섬기고 있었고 모세의 유일신은 목신牧神, 군신軍神, 질투의 하나님 야훼였습니다.

모세는 이교도인 동족 학살이라는 희생을 치르고 히브리 민족을 엄격히 규합했고 레위[20]기에 상세히 설명된 수많은 다소 자질구레한 율법들을 통해 문화적 종교적으로 그들만의 매우 강력하고 배타적인 히브리공동체를 완성했습니다. 건국자는 아니었지만 초기 국가형태로 진입하게 되는 초석을 마련했다는 뜻입니다.

개인적으로 저는 레위기는 잘 읽혀지지 않습니다. 수많은 번제 제물인 초식동물들, 공물, 동물껍질과 뿔, 피뿌림, 번제사, 동물태운 연기냄새가 연상되고 세세 콜콜한 음식에 대한 터부, 뭐 먹어라 뭐 먹지마라 등이 참 지방적으로 편협하고 어색하기 때문입니다.

3,500년 전 그러니까 우리로 치면 고구려, 부여, 동예, 옥저, 이전의 기자조선, 위만조선보다 훨씬 더 이전인 상고시대의 고대관습들과 비슷한 야만적 시대 상황일 거라 스스로 위안할 수밖에 없습니다.

민수[21]기에는 모세의 율법을 어긴 사람들을 태워 죽이거나 땅에 묻

---

19 송아지 토템숭배=농경문화.
20 제사장이라는 뜻.
21 사람들 수를 세다, 인구조사 하다라는 뜻.

어 죽인 기록들이 장황하게 나열되어있습니다. 인구 조사 라기 보다는 모세라는 초기 지도자에 의한 정통 히브리민족 선별 정리 작업으로 보면 됩니다. 무척이나 혹독한 장면들입니다 훗날 반대로 히틀러의 게르만 혈통주의 즉 홀로고스트의 빌미가 되기도 합니다. 모세는 민족국가 성립 전 초기의 강력하고 냉혹한 지도자였습니다.

6. 부족의 군사지도자, 예수와 발음이 비슷한 여호수아

모세 이후의 유대 군사지도자 여호수아는 강력한 무력으로 기존이 민족들과의 전쟁과 도륙들을 지겨울 정도로 반복하며 영토를 확장합니다.

구약에는 피와 약탈 그리고 도륙과 몰살의 역사가 셀 수도 없이 나열됩니다. 신의 뜻에 따른 전쟁으로 묘사되나 인류역사학적으로는 애굽에서 돌아온 이스라엘 민족과 기존 이민족간의 영토전쟁입니다. 이 영토전쟁은 유일신, 질투의 신, 배타의 神인 야훼와 그 야훼에 의해 선택된 히브리민족과 다른 민족간, 다른神 다른 문화였던 가령 예를 들면 농경문화의 신 황소 토템민족과의 불가피한 비극적인 터전확보의 역사로 보여집니다.

20세기 아랍전쟁에서 연합국인 아랍연합과 6번 싸워 전승한 당시 작은 나라 이스라엘의 독한 기질은 어떠한 방법을 사용해서라도 민족이 두 발을 디디고 설 수 있는 한 치의 땅이라도 더 확보해야만 했던 모세와 여호수아의 피로부터 기인된 것이 아닐까요?

해가 떠 있을 때까지 이민족을 남김없이 몰살하기로 언약하였고 야훼는 잠시 태양의 운행을 멈추었다는 기록도 있습니다. 해의 운행이 멈추었다는 얘기는 요즘의 천체물리학으로 치면 황도를 따라 공전(=계절 발생)중인 지구가 잠시 자전(=낮밤 발생) 상태를 멈추었다는 물리법칙에 어긋난 얘기입니다만 그만큼 민족 간의 전투가 치열하고 잔혹했다는 이야기 정도로 인식하면 무방할 것입니다.

7. 판관들의 시대

1) 마지막 판관 사무엘과 블라셋의 출현

예언자[22]겸 가수였던 여장부 판관 드보라, 적장 시세라를 유혹한 후 자는 동안 머리에 대못을 박아 죽이는 요부 야엘을 칭송하는 드브라의 노래, 처음으로 눈에 띄는 걸 야훼에게 제물로 바치겠다고 한 약속 때문에 집에 와서 눈에 띈 딸을 죽이는 입다 등 다소 현실적으로는 우스꽝스럽고 야만스러운, 그만큼 신의 뜻에 충실하고자 했다라는 표현 정

---

22 흔히 말하는 살짝 그 님이 왔을 때, 성령 야훼의 접신상태에서 재판을 했음. 샤먼적 성격도 있었던 것으로 보여짐.

도로는 이해될 만한 판관 지배 시기[23]의 판관과 사사는 모두 재판관들 Judges이란 뜻이며 그들은 율법을 어긴 자를 처단할 수 있는 살생권이 있었고 군사지도자, 예언자를 겸했습니다.

기원전 1,200년 전후 동지중해 해양 세력이었던 블라셋 민족이 이스라엘 서안지역을 침범하게 되었고 이스라엘과 블라셋은 20여 년 간 처절하게 싸우게 됩니다. 요즘도 가끔 국제뉴스에 나오는 용어인 Gaza지구, 서안[24] 지구할 때 그 서안 지구입니다.

성서의 블라셋이라는 표기는 라틴어 필라스티아, 히브리어 필라스테인으로 현재 팔레스타인의 어원입니다. 필라는 기둥이고 이아ia 에 인ein등은 각 지방어 땅이라는 뜻의 접미사입니다.[25]

팔레스타인 즉, 돌기둥 땅은 모래가 오랜 시간 쌓이면서 생긴 심한 압력으로 아래쪽부터 굳어진 사암 퇴적층 지형이 비바람 등의 풍화작용으로 상대적으로 압력을 덜 받아 약한 윗부분은 사라지고 딱딱한 아랫부분의 일부가 남게 되어 솟아나온 큰 기둥이나 송이버섯, 서 있는 사람 모양처럼 남게 된 지질학적인 지역을 뜻합니다.

---

23 판관기. NIV성경에는 사사기로 표현되어 있습니다.
24 서안이라는 의미는 북→남으로 흐르는 요단강을 기준으로 서쪽 지역이라는 뜻.
25 칼레도니아, 루마니아, 스칸디나비아, 이탈리아, 안탈리아, 오스트레일리아, 카파도키아, 아라비아 등등.

이런 지형은 터키의 카파토키아나 시나이반도, 현 중동지역에서는 아주 흔한 지형입니다. 뒤돌아보다가 소금기둥이 되었다는 롯의 아내의 기록이 연상됩니다. 카파도키아를 가보시면 기이한 형태의 돌기둥 사람, 망부석, 버섯, 낙타 형상들을 확인할 수가 있습니다.

이 블라셋인 들과 히브리인들의 전쟁의 경과 전세는 점차 블라셋인 들이 우세해지게 되는데, 이때 마지막 판관이며 최초의 킹 메이커 사무엘[26]이 등장합니다. 아이를 가지지 못했던 어머니 한나가 신전에서 빌어 임신한 후 출생했다는 사무엘은 불리한 전세를 단 한 번의 승리로 전환시키면서 이스라엘 민족으로부터 왕으로 추대되었다. 그러나 정작 본인은 판관으로 남으며 다마섹에서 보았던 덩치 큰 거인 사울[27]의 머리에 향유를 붓습니다.

향유를 머리에 붓는 행위는 유대식 지도자 인정방식, 즉 등극의 예식이었습니다. 고대 이집트의 파라오가 지방관을 임명하여 특정 지방으로 파견하기 전 그 사람의 머리에 기름을 부어 축복하는 의식에서 유래된 것으로 보입니다.

---

26 야훼가 들어시다라는 뜻.
27 야훼께 求하다라는 뜻.

2) 통일부족 최초의 하이어라키 사울

사울은 유대민족으로서는 관冠(공식적인 하이어라키)을 쓴 첫 번째 왕이며 훗날 예수가 메시아라고 불리게 되는 사례가 됩니다. 아람어 메시아(=메사야)는 기름부음을 받은 자, 즉 왕이 된 자에 대한 비유를 뜻하며 메시아의 헬라어 번역이 바로 '그리스도'입니다. 훗날 예수의 활동시대는 히브리 민족에게는 메시아 같은 존재가 요구되는 그런 절대 절명의 시대 상황이었습니다.

헬라어로서의 그리스도는 단순히 말 그대로 기름칠이라는 뜻이며 그 헬라어 원뜻은 침목이나 배 밑바닥에 방수 기름칠을 하다 그러한 의미인데, 기름 부음= 메시아 같은 개념이 없었던 희랍문화권에서 기름칠 그리스도는 종교적 의미의 히브리적인 메시아로 발전됩니다.

기름부음을 받은 그런 뜻의 메시아=그리스도=지도자 등극=왕좌에 오름의 의미는 훗날 로마에서는 라틴어로 구제하다라는 뜻의 살바도레, 살바토르 즉, 구원자, 구세주로 의역되게 됩니다. 흔히들 얘기하는 오~ 주여 ! 할 때의 주主는 살바도레라는 의미를 한자로 빌려 쓴 한자형 한국어입니다.

레오나르도 다빈치가 그렸고 현재 세계적인 대부호 사우디의 무하마드 빈살만 왕세자가 소유하고 있다는 그 예수 초상의 제목 Salvator Mundi(=세상의 구원자=구세주)가 그 살바도레입니다.

그리스도라는 발음의 헬라어 기름부음은 크리스트, 크리스차니즘, 기독교의 어원이 되었고, 기독교基督教라는 말은 크리스트교의 중국식 한자를 우리가 빌려 쓴 단어로 이제는 우리나라 말로 굳어져 버렸습니다. 예수를 기독으로 보는 다시 말해 기름부음을 받은 자로 보는 그 종교가 바로 예수 기독교인 셈입니다. 참조로 아직도 유대교에서 예수는 기름부음을 받은 자나 구세주가 아닙니다.

사울로 돌아와서, 왕으로의 등극 초창기 반짝했던 사울의 기세는 이후, 야훼에 대한 불민과 어리석음 등으로 갈수록 하향세였고, 블라셋인들의 대반격에 무기력해진 끝에 이상한 행동을 보이기도 합니다. 요새로 치면 우울증에 공황장애가 있었던 것 같습니다. 아말렉을 침공한 후 도륙하라는 원로(長老) 사무엘의 명령을 어기고 약탈만 한 후 사무엘과는 완전히 틀어지게 되고 유대역사에서도 어리석고 못난 왕의 이미지로 고착되기 시작합니다. 뒤이어 등장하는 인물들이 상대적으로 빛날 때는 이런 이미지는 할 수 없습니다. 동서양 모든 역사의 기록이 보여주는 공통점입니다, 사울도 예외가 될 수 없었습니다.

유대교나 사막 기원의 종교들에서는 장로들의 역할이 매우 부각되어 있습니다. 건조한 사막이나 척박한 광야에서의 생활은 장로, 즉 경험자의 지도력이 생존에 매우 중요한 요소였음은 두말할 나위가 없습니다.

향당막여치鄉黨莫如齒[28]

장로(=elder)는 한 살이라도 더 먹었다는 뜻입니다. 사울이라는 CEO는 한 살이라도 더 먹은 그룹의 고문 사무엘의 말을 듣지 않았습니다.

8. 구약의 슈퍼스타, 통일유대국가의 진정한 태조太祖 다윗

우울증이 심해진 사울을 기분전환을 위해 하프 연주의 달인 목동 출신 음악가 다윗[29]이 등장하게 되고 반격을 시작한 블라셋의 거인 골리앗을 대적해야만 했던 이스라엘 최장신 거구 사울이 정작 몸을 사리면서 다윗에게 군장을 내어줍니다. 자기 대신 나가 싸우라는 얘기지요.

하나님과 함께 하는 자 하나님이 보호하는 자는 굳이 군장을 할 필요가 없다는 톱스타성의 멘트를 남기고 다윗은 맨몸으로 대결에 나서서 그 유명한 돌팔매 신화를 남기며 돌에 이마를 맞고 기절한 골리앗의 목을 자릅니다.

이 사건 후 사울은 다윗을 질투 경계, 회유하며 블라셋인 머리껍질

---

28 마을에서의 시시콜콜한 문제들의 해결에는 이빨만 한 것이 없다. 이빨齒은 나이歲라는 뜻으로 즉 경험자 노인장들의 말을 잘 새겨들으라는 의미.
29 데이빗, 다비드, 데이비드, 사랑 받다 라는 뜻.

을 100개 잘라 오면 딸 미갈을 주겠다고 약속하게 되고 불가능이 없던 수완꾼인 다윗은 제갈공명 화살 십만 개 구해 오듯 순식간에 그 약속을 지키며 미갈과 결혼합니다.

사울은 창을 가지고 놀다가 갑자기 다윗에게 던지게 되고 이러한 사울의 다윗 암살시도가 번번이 실패한 후, 다윗은 요합이라는 장수와 함께 예루살렘 남쪽 헤브론으로 도망가서 그쪽에서 상대적으로 작은 나라를 독립적으로 세웁니다. 아버지 사울보다는 남편이 우선이었던 조강지처 미갈도 큰 역할을 합니다.

사울의 후계자 그 아들 이스보셋과 다윗의 두 나라로 쪼개진 이스라엘은 남북으로 갈라져 싸우다가 이스보셋이 자기 부하들에 의해 목이 잘리고 그 머리는 다윗에게 바쳐집니다. 이로부터 이스라엘은 크게 통일되었으며 다윗은 언덕 위의 요새, 고지대 예루살렘을 왕국의 수도로 삼게 됩니다. 재능 많고 악기 잘 다루고 노래 잘하고 즉 인기 많고, 고로 대중 정치적 능력이 탁월했던 매력남 다윗이었지만 그는 여성편력이 과할 정도로 심했습니다.

과히 중국의 한고조 유방에 비견할 만했습니다. 본처 미갈 이외에 여러 여자들과 염문을 뿌렸으며 한낮길거리 여자들 앞에서 하의를 벗은 채로 춤을 추며 유혹했습니다. 질투한 미갈이 따지자 야훼를 기쁘게 하기 위해 다 벗고 춤을 추었다며 궤변을 늘어놓습니다.

자신의 부하였던 히타이트인 '우리아'의 부인 밧세바가 목욕하는 장면을 목격한 후 줄곧 치근거려 동침한 후 임신시키고 이후로 충직한 요합을 시켜 우리아를 전쟁터로 보내 성문 안을 지키던 적군이 굴린 바위에 깔려 죽게 만들고 결국 밧세바와 결혼했습니다.

다윗과 밧세바의 불륜의 결과물 첫째아들은 어려서 죽자 사람들은 야훼의 저주로 그 아들이 죽었다고 노래를 하고 다녔습니다. 이 모든 것이 구약에 기록되어 있습니다.

9. 유대민족의 전성기 솔로몬시대

밧세바의 둘째 아들이 바로 그 유명한 솔로몬[30]입니다. 솔로몬은 어릴 적부터 못 볼 것을 많이 보았습니다. 이복 누나 타마르가 또 다른 이복형 암논에게 능욕당하는 것을 보았으며 또 다른 이복형인 암살롬이 강간당한 누이의 복수로 이복형 암논을 죽이는 것을 보았습니다. 카인과 아벨을 연상케 하는 형제간의 살인입니다.

암살롬이 아버지 다윗에게 반란을 일으켰다가 실패 했을때 요즘으로 치면 다윗의 경호실장 겸 국방장관 요합장군이 암살롬을 토막 내어 난도질 하는 것도 보았습니다.

---

30 평화롭다라는 뜻.

실권을 가진 장군이 왕의 아들을 죽이는 것을 그리고 그 아버지가 그 참혹한 처벌을 용인하는 것을 어린 시절 목격했다는 것은 왕의 서자인 자기 자신도 조그만 처신을 잘못하면 언제든지 목이 날아갈 판이라는 것을 인지했다는 뜻입니다.

솔로몬은 이러한 살벌한 상황에서 어릴 적부터 본능적으로 눈치를 보면서 정세를 읽는 능력, 정적 제거 능력 등을 배워가며 탁월한 생존의 달인으로 성장했습니다.

블라셋인들의 재再반란, 정적 사울 후손 가문의 부활, 건강 악화 등으로 유대민족의 슈퍼스타였던 다윗왕의 말년은 그야말로 고난의 연속이었습니다. 다윗이 오한에 떨며 죽어가자 신하들은 아비섁이라는 젊은 미녀를 품게 하여 원기를 회복시키려 하였으나 효과 없이 거의 임종에 이르게 되자 아도니아라는 솔로몬의 이복형이 먼저 성급하게 대관식을 치르게 됩니다. 그러자 다윗의 후처였던 솔로몬의 어머니 밧세바가 급히 다윗에게 자신의 미래가 달린 솔로몬에게 선위할 것을 유언으로 호소하자 임종 직전의 유언에 따라 솔로몬이 왕에 등극합니다.[31]

아도니아와 그의 일당들은 줄행랑을 쳤으나 다윗이 죽자 솔로몬에

---

31 거의 섹스 홀릭 수준으로 여자를 좋아해 첩과 자식이 너무 많았던 한고조 유방의 본처 여 태후=여치가 고조의 임종 시 했던 유언수지 상황과 살짝 비슷합니다.

의해 모두 다 철저하게 추적되어 남김없이 제거됩니다, 아버지 다윗에게 충실했던 무신武臣 요합도 이때 유대의 신전 앞에서 양팔이 잘리면서 잔인하게 살해됩니다. 권력투쟁의 역사라 보면 이해가 됩니다.

앞서 밝혔듯이 구약에는 근친상간, 불륜, 집단학살, 참혹한 살해, 살생 등의 장면들이 적나라하게 모두 다 묘사되어 있습니다. 유대민족 특유의 강단이 올곧이 느껴지는 생생한 기록정신의 대담성이라고나 할까요? 암튼 유대인들은 특이합니다. 피가 찐하고, 찐하다 못해 살짝 독할 정도입니다.

솔로몬은 영민하고 뛰어난 왕이었지만 이교도의 신을 섬기기도 하였고, 분에 넘치는 화려한 궁궐 건축, 아버지 다윗을 닮아 여색을 탐해 수백 명이 넘는 남편 있는 여자들을 유린하고 특히 이방인 여자들을 좋아해 수없이 동침하였습니다. 이방인 여자를 취하는 것은 야훼의 율법을 두 번을 위배하는 행동이었습니다. 우리가 흔히 알고 있는 면 이외에 그는 이러한 부정적인 이미지도 셀 수 없이 남겼습니다. 하지만 뛰어난 언변, 대담한 실천력, 냉철한 잔인성, 그리고 지혜의 대명사로 고착된 잠언암송으로 화려한 정치적 치세를 누렸습니다.

다윗과 솔로몬의 시대가 영토적으로나 재정적으로나 고대 이스라엘 왕국의 최전성기였음은 부정할 수 없습니다.

10. 이스라엘의 분열과 첫 번째 멸망

솔로몬 사후 이스라엘은 남 유다와 북 이스라엘로 분열하게 되었습니다. 이때 솔로몬 세력의 추종자들이었던 사제집단들이 대대적으로 남 유다지역으로 피신함에 따라 훗날 예루살렘과 베들레헴지역을 중심으로 율법주의 유대교가 확고히 성립되게 되는 계기가 마련됩니다.

이러한 엄격한 율법중심의 보수적 남 유다중심의 유대교는 훗날 회개파, 새 나라 임재파인 세례요한이나, 북 이스라엘왕국 출신 레반트의 언어와 개방적 문화문명권의 소양을 지녔던 갈리리 지역 예수라는 새로운 파격적인 인간 중심, 인간 사랑의 사상을 지닌 인물들과 심하게 충돌하는 계기가 됩니다.

사실 레반트 지역은 동으로 메소포타미아와 바빌론, 동북으로 페르시아, 북으로 앗시리아, 서북으로 에페소, 안탈리아 등의 고대 트로이 문명권과 서로는 에게문명, 미노스문명 등과 사통팔달된 동서 문화적으로 개방 지역이었습니다. 시나이반도 남쪽 편협한 지역의 남 유다와는 그 개방성 면에서 비교될 수 없습니다. LA와 샌프란시스코 두 도시, 각국의 인종들이 북적거리는 캘리포니아 주와 몰몬교도들의 조용한 지역 유타 주 간을 비유해보면 쉬울 것입니다.

결국 그 충돌과정에서 세례요한과 예수는 1차적, 표면상으로는 패배, 참혹히 희생된 것처럼 보이나 훗날 그 추종자들의 피눈물 나는 사역들에 의해 새로운 사상으로 부각, 로마라는 사통팔달의 천년제국의 정치, 군사, 경제, 문화, 학문, 교통 인프라 망을 통해 온 세상의 종교로 퍼지게 됩니다.

북이스라엘과 남 유다의 분열, 이때가 대충 기원전 800년 즈음의 일들입니다. 그 후 갈릴리, 막달리아 등의 북이스라엘은 수도였던 사마리아가 앗시리아 민족에게 B.C. 722년 함락되므로서 멸망하게 되고, 베들레헴 등의 남 유다는 신 바빌로니아제국의 네부카드네자르(네부갓네살) 왕에게 B.C. 586년에 수도였던 예루살렘이 함락됨에 따라 멸망하게 됩니다.

우리가 즐겨본 메트릭스라는 영화에 나오는 시온을 지키는 전함 이름에 네부갓네살호가 있습니다. 이 영화를 만든 워쇼스키 형제도 스티븐 스필버그와 마찬가지로 유대인인데 왜 전함의 이름에 유다왕국을 멸망시킨 바빌론의 왕의 이름을 사용했는지 저는 살짝 의아합니다. 그리고 워쇼스키 형제라는 말은 성전환 하기 전의 칭호이고, 이들은 각각의 성전환수술을 통해 형제 → 남매 → 자매라고 불리는 독특한 경험을 가진 재능 있고 개성강한 고급지식인 영화감독들입니다. 그들은 유대인답게 기발한 발상의 인문학적 소양이 풍부한 작품들을 많이 만들었습니다.

11. 히브리민족의 슬픈 노래 더 리버 어브 바빌론

그 후 유대민족은 제가 중학생이던 시절 유행했던, 보니엠이 불러서 유명해진 노래 The River of Babylon의 가사에 나오는 바빌론 유수라는 치욕의 역사를 남기게 됩니다. 유수란 영어의 Captivity란 표현으로 쉽게 얘기하자면 예루살렘으로부터 바빌론으로의 강제 추방, 포로 강제이송을 뜻하며 패전국 민족을 이용해 신제국건설을 도모하려는 승자 측의 노동인구확보 즉, 노예 신분 상태로 보는 것이 역사적으로 합당한 이해입니다. 유수의 수囚는 한자에서 보여지듯 사람人을 구口에 가두다 라는 뜻으로 예전 조선시대의 수인 또는 감방에 가두어진 죄인, 요즘 수감자, 구속수감 할 때 쓰는 그 '수囚'입니다. 쥬제페 베르디의 오페라 〈나부코〉의 3막 "히브리 노예들의 합창"에 잘 묘사되어 있습니다. 나부코는 다름아닌 네부갓네살의 라틴어 이태리식 이름입니다.

바빌론 유수 이 사건은, 유대가 훗날 AD70년 로마제국의 티투스에 의해 다시 완전히 멸망하게 된 이후로 1,800여 년간 영토 없이 전 세계를 떠돌다가, 20세기에 들어서야 비로소 실현된 벤 구리온의 이스라엘 건국에 이르기까지 유대인들의 머릿속에 깊이 뿌리박히게 된 절대적인 사명인 시오니즘, 예루살렘 회복운동, 아브라함과 다윗과 솔로몬의 땅 그 고향으로 돌아가기 운동의 근본정신이 됩니다.

이 시기 등장하는 다니엘서의 다니엘 부분은 건너뛰기로 하겠습니다. 약 600년후 기록되는 요한계시록에서 유사하게 반복되기 때문입니다. 다니엘은 신바빌로니아 네부갓네살의 압제에, 요한계시록의 요한은 로마제국의 압제에 고통받고 있었던 상황이 비슷합니다. 고통 받고 있는 상황에서의 새 세상 도래, 하늘나라의 임재 등은 한마디로 고생 끝 행복 시작의 희망에서 비롯된 묵시론입니다. 단, 다니엘서보다는 요한계시록이 좀 더 파괴적이고 종말론적인 색체가 강합니다.

바빌론 유수 말기, 바빌로니아가 다시 신흥강국 페르시아 제국의 키루스(=사이러스)대제에게 멸망하게 되면서 유대민족은 외세의 힘에 의해 유수에서 해방되어 예루살렘 지역으로 돌아오게 되었습니다. 하지만 유대인들이 다시 고국으로 돌아왔을 때는 이미 팔레스타인 이민족이 그 땅을 차지하고 있었고 유대인과 팔레스타인간의 기나긴 전쟁과 상호응징, 처절한 복수의 역사는 이 사건으로부터 다시 본격적으로 시작되었다고 보는 것이 정확합니다.

구약의 후반부에 등장하는 느헤미아는 이때 예루살렘성전을 재건하고 고향으로 돌아온 유대인들의 호구조사를 완성한 인물입니다. 바빌론으로 부터 물밀듯이 돌아오는 자들 중 누가 진짜 유대인이고 누가 이방인인지를 가려냈습니다. 비순수혈통들은 호적에서 제외시켰다는 얘기가 구약에 기록되어 있습니다.

현실적으로 장기간의 타국 바빌론 생활에서 얼마나 많은 유대인 비유대인들 간의 사랑, 결혼, 출산이 이루어졌겠습니까마는 느헤미마는 족보를 증명하지 못하는 경우 아버지가 유대인이라 할지라도 그 아내가 이방인이면 아내와 자식들은 매몰차게 호적에서 제외시켜 버렸습니다. 철저한 유대인들의 사전에 얼렁뚱땅, 대충대충의 일처리는 이때도 당연히 있을 수 없었습니다.

글로벌 쥬디즘을 표방하는 요즘은 사정이 많이 달라졌습니다. 독일계 아버지를 둔 독일계이민자 2세 미국인 도널드 트럼프와 체코계이민자1세 모델 출신의 미국인 이바나 사이에서 태어난 딸 이방카는 유대인인 제너드 쿠슈너와 결혼을 함으로써 미국에 사는 유대계 미국인인 이방카 쿠슈너가 되었습니다.

12. 제국의 출현, 제국전쟁의 시대, 지배받는 유대땅

귀환 이후 유대지역은 키루스, 캄세스, 다리우스, 크세르크세스 대왕의 4대로 이어진 당시 초강대국 페르시아제국의 직간접적인 지배하에 있다가 페르시아 전쟁과 헬레폰네소스 전쟁 이후로 페르시아 제국이 쇠퇴하고, 결국 BC330년경 그리스 전 지역을 통일한 신흥강국 마케도니아의 알렉산더 대왕이 등장하여 동지중해와 동방진출시대를 열자 유대 땅은 다시 그리스 문명권 민족의 지배를 받게 됩니다.

이 기간 중 페르시아전쟁에 관한 부분이 서양 역사의 아버지라 불리우는 그 유명한 헤로도토스의 『히스토리아』란 책의 기록이며 그리스의 내전에 관한 부분이 진정한 역사기술로의 시초가 된 튀케디데스의 『펠레폰네소스 전쟁사』라는 책에 자세히 기록되어 있습니다. 튀케디데스의 이 책을 왜 진정한 역사의 시초라고 칭하느냐고 하면 호머의 『일리아드』나 『오딧세이아』에 비해 신화적인 부분이 전혀 언급되지 않아서 입니다. 『히스토리아』는 호머와 튀케디데스의 중간쯤으로 역사 기술 중에 가끔 신화적인 표현들이 마치 사실인양 양념처럼 등장합니다. 아시다시피 호머의 『일리아드』나 『오딧세이아』는 신화 90% + 역사 10%의 기록입니다. 『히스토리아』는 신화 10% + 역사 90%, 『펠레폰네소스 전쟁사』는 신화 0.1% + 역사 99.9%의 기록쯤으로 보면 무방합니다. 헤로도토스의 『히스토리아』는 사실 쓰마티엔(= 사마천)의 『사기史記』에 비하면 1/10 정도 분량입니다.

신화적인 기술과 역사적인 기술방법에 대하여 구약의 예를 들어보면 엘리아는 구약의 슈퍼예언자입니다. 구약에서 야훼의 의도나 음성은 그를 통해서 들을 수 있습니다. B.C. 9세기경의 인물로 추정된 그는 이교도의 바알 신을 모시는 사제들과 논쟁하다 그들 450명을 모두 죽이고 이후 불의 수레를 타고 하늘로 승천했다고 구약에 기록되어 있습니다.

지금의 조선일보 기자나 뉴욕 타임즈 기자는 이런 식으로 기록할 수 없습니다. "불의 수레를 타고 하늘나라로~~" 이런 시적인 표현으로는 팩트를 전할 수 없습니다. 저는 이 표현을 보고 우주왕복선 디스커버리호가 떠올랐습니다. 수직으로 기립한 채 엄청난 불꽃을 일으키며 그

추진력으로 하늘로 날아가지 않습니까! 대기권 밖으로 나갔다가 지구로 돌아오면 우주왕복선이고 계속 가면 보이저 2호인 셈입니다. 보이저2호는 지금도 계속 날아가며 이미 명왕성을 지나 성간星間우주 사이로 진입했습니다.

엘리아가 자기가 믿는 신에 대해 확고한 신념이 있었다, 그리고 유대인들은 그를 무척이나 긍정적으로 본다 이 정도로 생각하면 좋습니다. 호머의 신화와 튀케디데스의 역사인식으로 본 구약의 신화성에 관한 얘기는 여기서 접고, 알렉산더대왕의 사후 동지중해에서의 제국전쟁시대 이야기로 돌아가면, 이즈음에는 로마제국의 폼페이우스가 유대지역을 지배하고 있었습니다.

폼페이우스는 우리가 익히 아는 줄리어스 캐사르와 로마제국을 1차 삼두정치로 장악했던 바로 그 역사적 인물입니다. 그 후 친로마파였던 헤롯 안티파르테의 아들 헤롯1세[32]가 이 지역의 형식적인 봉분왕으로 임명되고 군사, 세금징수와 같은 경제적, 행정적 문제는 로마제국의 수리아(=시리아) 총독 구레뇨(=퀴리노스)가 실질적으로 총괄하게 됩니다.

일제치하 이완용을 통해 고종을 조종하여 조선인들의 내부민족 정서를 제어하고 군사, 외교행정, 경제 등과 같은 실질적인 문제들은 이토우 히로부미, 데라우찌 마사다께 총독을 통해 장악했던 일제의 조선

---

32 예수의 탄생 스토리에 등장하며 훗날 예수의 재판에 등장하는 헤롯 안티파스의 아버지.

통치시스템과 비슷하다고 보면 쉽습니다.

13. 예수의 탄생과 역사 속으로의 등장

현재부터 2,000여 년 전 바로 이 시기가 예수라는 인류사 전환점의 위대한 인물과 세례요한 사도 바울이 태어나는 그 즈음의 역사적인 시점입니다.

당시 로마의 황제는 유명한 아우구스투스(=옥타비아누스)를 승계한 티베리우스였고 그는 노년에 살짝 정신질환을 가진 미소년동성애자 취향을 가진, 그리고 지금의 나폴리 부근 카프리섬에서 정치보단 인생향락을 즐기던 불민한 인물이었습니다. 여러 신하들 앞에서 "너희들은 나에 비하면 파리목숨, 시궁창의 오물과 같구나"라고 말한 기록이 있습니다.
정치초기에는 제국을 잘 이끌었다는 평도 있습니다.

당시 로마포고령, 헤롯대왕에 대한 기록, 세례요한 사도바울과의 나이 비교 등등으로 보아 여러 기록상 예수님의 탄생은 현재 사용 서기년(=AD: Anno Domino) '0000'년은 아니고 BC 7~3년경 태어났을 거라는 보는 추정, 역추산 근거들이 합당히 제시되고 있습니다. 예수의 탄생으로 구약은 막을 내리고 드디어 신약의 역사가 시작됩니다.

유대교에서는 기독교의 구약까지만 인정합니다. 즉 예수는 메시아가 아닌 선지자 중의 한 분일 뿐으로 유대교인들에겐 아직까지 살바도레가 나타나지 않은 셈이죠.

저는 앞서 사실 예수님의 공생애는 유대의 형식적인 율법주의와 로마치하 기득권 유대세력들에 대한 저항에서 일어난 사건들로부터 시작되었다고 말씀드렸습니다.

14. 물풍덩 퍼포먼스 세례요한이란 사람과 살로메의 접시

종교가 아닌 역사학의 관점에서 세례 요한 이분을 높게, 지금의 평가보다는 좀 더 높게 평가한다면 신학자들에게 뺨을 맞을까요?

13 말미에 언급한 일련의 저항운동과 같은 맥락에서, 엄격하고 복잡한 율법주의에 대한 파격적 파괴, 요단강에서의 간단한 물풍덩 세례의식으로 새 사람되기, 새로운 나라의 임재 등을 주창하며[33] 예수보다 먼저 부각되었던 세례 요한은 요단강 침례의식(물풍덩)에 자신을 찾아온 예수님 앞에서 자신을 한껏 낮추었습니다.

신의 아들, 완전체인 예수가 왜 세례 요한을 찾아갔는지에 대해서는

---

33 성경에 "광야에서 울부짖다"라는 표현이 있습니다.

여러 가지 의견들이 많습니다.

이미 대대적인 활동을 하고 있던 요한을 존중하기 위해서….

앞으로 있을 인류전체의 죄와 무지에 대한 대속을 앞둔 본인의 정화 행위….

메시아로의 등극을 위한 일종의 대관식의 의미, 본인 스스로도 회개하고 복종한다는 의미….

오랜 율법중심의 믿음을 뒤로하고 새로운 믿음의 장을 연다는 의미….

이런 여러 분석이 있지만 뭐하나 딱 이것이라고 단정할 수는 없습니다. 훗날 사람들의 해석이 그러할 뿐 어찌 보면 다 맞는 말이고 어찌 보면 다 틀린 말일 수도 있습니다. 예수 본인이 딱 뭐다라고 말한 적도 없고, 그날의 일기 같은 기록을 스스로 남긴 것도 일절 없기 때문입니다.

예수는 생업, 목수 일을 포기한 후 갈릴리로부터 타 지역 여러 사람들을 만나면서 이동했습니다. 세례 요한 같은 위대한 사람이 요단강에서 혁신적인 방법으로 새 세상 사상을 설파하고 있다는 것도 들었을 것입니다. 찾아갔던 것은 분명한 사실입니다. 지금까지 자기가 만났던 사람들과는 사유의 차원과 급級을 달리하는 어떤 인물을 만나러 간 것입니다.

장효조라는 야구선수가 있었습니다. 방망이를 거꾸로 들고도 3할은

친다라는 말의 원조격입니다. 그는 우리나라 초창기 프로야구의 역사에 많은 기록들을 생산했습니다. 실제로 그는 야구공이 아닌 병뚜껑을 납작하게 편 후 그걸 옆으로 던지게 해서 타격연습을 했다고 합니다, 가장자리에 톱니 같은 굴곡이 있는 납작하게 편 병뚜껑이니까 그 궤적이 얼마나 속도나 바람에 따라 제멋대로 날라오겠습니까! 그걸 기다렸다가 정확하게 방망이로 치는 연습을 수없이 했다고 합니다. 달인이란 말이 붙은 최초의 야구선수입니다.

이런 장효조가 삼성라이온즈에서 전성기를 구가할 때 경북고교를 갓 졸업한 투수 이승엽이 찾아간 겁니다. 한 수 배우러 간 거죠, 장효조는 단박에 이승엽을 알아봅니다. "너는 투수 말고 타자를 해봐." "이 세상 최고의 타격가가 될 거야." 원래 가家라는 말이 붙는 것은 달통의 의미입니다. 그 후 이승엽은 실제로 명실상부 자타공인 타자가 아닌 타격가, 대한민국의 야구선수 그 자체가 됩니다. 저는 이와 비슷한 상황으로 상식적으로 납득 가능한 범위 내에서 해석합니다. 메시아의 등극을 앞둔 대관식이니 그런 표현은 평소 예수라는 인물의 스타일과도 부합되지 못할 듯하고, 자기다짐, 어떤 진리 앞에서의 복종 이러한 의미는 부여해 볼 수도 있겠습니다. 신학적으로 완전체인 예수가 왜 세례를 자청했는지는 진정 예수 본인만이 아실 것입니다. 제 말이 이러거나 저러거나, 두 분의 요단강에서의 조우는 아름다운 장면으로 기록되어 있습니다. 새 세상의 사상, 새 나라의 도래를 두고 찾아간 사람, 맞이한 사람 두 분은 서로를 알아봤고 서로를 존중해주었습니다.

저는 여기서 일반적이고 상식적이고 누구나 납득 가능한 상황을 하나 생각해봅니다. 유신 치하 문익환 목사를 만나러 간 김지하가 달랑 차 한 잔 마시고 사진 하나 찍어 보겠다고 찾아간 것은 아니었을 것입니다. 예수도 요한도 물풍덩 한번 하고 몇 마디만 나누고 그래 이젠 안녕 하지는 않았을 것입니다. 두 분은 짧지 않은 시간 여러 이야기를 나누었을 것입니다.

구약에서의 야훼와의 오래된 약속이란?, 율법의 장단점, 그 단점이 당시 민중들에게 미치는 나쁜 영향은? 로마지배 아래서의 민중의 좌절과 고통, 그렇다면 희망의 활로는? 새로운 약속은…?
이런 이야기를 분명히 나누었을 것입니다. 그리고 세례요한은 바로 인지하게 됩니다.

"아~~! 이 분은 나보단 한수 위의 사람이구나!!"

이런 경우는 우리 주변에서도 쉽게 찾아볼 수 있습니다. 생애 처음으로 72타 이븐플레이를 한 제가 80대 초반 타수를 치다가 70대 중후반을 치다가 아~! 내가 공 좀 치는구나 !! 하여 신라CC챔피언과 한번 Back Tee에서 치게 되었습니다. 3~4홀까지는 뭐 그렇구나 하다가 전반전이 끝나기 전에 완전히 자각하게 됩니다. "아~~!! 역시 챔피언은 다르구나! 나보다는 역시 한수 위 였어 !!"

이런 인정은 부끄러워해야 할 일이 아닙니다. 타이거 우즈가 나보다

골프를 더 잘 치는 것을 인정하는 데에는 부끄러울 게 없습니다. 세례 요한도 마찬가지였을 겁니다. 세례 요한은 예수와 이야기를 나누다가 이 분의 비전이 자기보다 좀 더 유연하게 형성되어있음을, 더 폭넓게 더 근원적으로 작용하고 있음을 알게 됩니다.

고수는 고수를 알아보기 마련입니다. 세례 요한은 제2의 엘리야라고 불리었습니다. 예언자의 성향이 있었다는 얘기입니다. 난세 혼세 시대의 예언자는 톤이 살짝 어둡고 무겁습니다. 터프하고 강합니다.

예수의 비전은 딱딱하지도 어둡지도 터프하지도 않습니다. 거지, 창녀, 문둥이, 앉은뱅이, 세리, 이방인. 너나 할 것 없이 그를 따르게 될 사람들이 자발적으로 스스로 기꺼이 움직이게 될 거라는 것을 요한은 직감합니다. 요한은 살짝 무겁고 어렵게 말했고 예수는 늘상 가볍게 쉽게 비유로서 말했습니다. 나중에 빌라도가 자기를 심문할 때도 예수는 담담하게 대답했습니다. 목숨이 왔다 갔다 하는 판에 그리하기란 결코 쉽지 않습니다.

예수의 그런 카리스마를 세례요한은 바로 알아차린 것입니다. 레오나르도 다빈치를 비롯하여 많은 화가들이 예수와 요한의 어린 아기 시절 그림을 많이 그렸습니다. 두 분은 근본적인 인식이 같았고 풀어가는 방법은 조금 달랐으며 그 당시 그 상황에서 그들이 도착해야 할 종착역도 비슷했습니다. 한 분의 머리는 살로메의 접시 위로 올려졌고, 한 분의 머리는 십자가 위에서 떨구어졌습니다.

활동 당시 세례 요한의 복장상태와 의식주에 대한 설명인, "낙타털로 만든 옷을 입고 메뚜기와 석청을 먹었더라"라는 표현과 광야라는 단어가 자주 등장하는 점, 또 그의 사상적 지향성으로 미루어보아 세례 요한 그는 당시 광야에서의 엄격한 수도생활과 자기내적개발을 추구했던 에세네파의 일원 이였다가 독자적으로 '회개', '새 세상의 도래' 등의 개념을 깨친 인물로 보여집니다.

세례 요한이 성장한 후 본격적인 활동을 할 당시 바리세Pharisees나 사두개Sadducees였을리는 만무하고 초 급진 혁명세력인 제롯 열심당원Zealot이었을 가능성도 희박합니다. 세례 요한은 복음서와 계시록의 저술과 연관 있다고 보는 그 요한들과는 다른 인물입니다.

예수라는 이름도 구약의 여호수아의 변양 발음이듯이 야수아, 조슈아, 이에수스, 야수스, 지저스, 동일어 다른 발음들입니다. 예수= 야훼는 구원이다라는 뜻입니다.

마찬가지로 요한, 안드레이, 요셉, 유다, 야고보 등은 당시 유대사회의 흔하고 흔한 이름이었습니다. 우리나라의 철수, 영철이와 같이 보면 무방하며 단지 그 흔한 이름들 앞에 태어난 지역명이나 하는 일, 외모상의 특징, 그 아버지의 이름 등을 붙였을 뿐입니다. 참조로 예수의 정식이름은 나자렛 예수 벤 요셉, 곧 나자렛출신 요셉의 아들 예수란 뜻이고 영화의 벤허는 'Hur 가문의 아들'이라는 이야기입니다.

세례 요한은 율법 중심의 유대주의에 반대해 새로운 종교사상을 확립하기 전에는 수도 예루살렘 대대로 제사장하던 아비야 조 집안에서 태어난 정통 유대인이었습니다. 인도로 치면 브라만 계급 출신이었습니다. 어린 나이에 부모를 여의고 난 후 사해 부근의 에세네파의 쿰란 커뮤니티에 정착했으며 쿰란을 떠난 후로는 요단강 하류 에리고 지역에서 철저한 자기부정과 율법주의에 대한 자기반성에 몰입하여 일종의 자기만의 방식으로 새 소식에 대해 큰 득도를 한 셈이지요. 율법에서의 성전이 아닌 요단강이 그의 교회당이었습니다.

불교에 깨달음을 얻는 과정과 방식 중에 선종의 돈오頓悟라는 개념과 교종의 점수漸修라는 개념이 있습니다. 돈은 확, 팍, 곧바로, 한 번에 이런 뜻이고 점은 점점, 천천히, 스텝 바이 스텝 이런 뜻입니다.

마가복음에 '유튀스', '곧바로' 이런 표현이 자주 등장하듯 세례 요한은 頓悟를 주창한 셈입니다. 복잡한 의식 없이도 세례=씻김의 정화의식이라는 간단한 마음 개조만으로도 얼마든지 새 사람으로 거듭날 수 있다고 한 발상 자체는 당시 암울한 로마치하에서 유대 민중의 의식전환에 큰 영향을 미쳤습니다.

그가 끊임없이 말했다고 기록되어진 "회개하라"의 회개[34]는 단순히 죄를 반성하라 라는 뜻이 아닌 생각을 확 바꿔라, 인식의 지평을 송두

---

34 메타노이아, 메타 바꾸다, 노이아 인식.

리째 갈아 엎어라라는 의미의 새 사상 새 믿음이었습니다.

훗날 예수가 활동을 할 때 니고데모라는 사람이 찾아옵니다. 니고데모는 성경에 기록된 것만 봐서는 예수가 만나서 직접 대화한 사람 중에 최고위급 인물입니다. 재판에서 심문한 폰티우스 필라투스는 빼겠습니다. 조선시대로 치자면 성균관 대제학이고, 요즘으로 치면 서울대 인문학부 종교학과 학과장 정도되는 사람입니다.

그가 점잖게 묻습니다. "당신의 행위로 보아 당신은 하나님의 아들인 것 같습니다. 당신 열정(힘)의 근원은 어디로부터 나옵니까?" 이에 예수가 대답합니다. 상대방에게 수준이 벌써 기적이나 이적 이런 걸 행사하지 않아도 이해할 만한 인물임을 압니다. 예수의 말 습관처럼 간단 명료하게 대답합니다.

"사람이 거듭남이 없이는 하늘나라를 볼 수 없습니다."

예수가 이때 이야기했던 이 "거듭남"이 바로 세례 요한이 요단강에서 애기했던 그 '회개悔改'입니다.

요한은 예수보다 앞선 개혁운동가, 예언자였지만 흥청망청 주색에 빠진 헤롯(=안티파스)왕을 비난했다는 이유로 민중선동 요주의 인물로 지목받고 체포, 구금되어있다가 헤로디아의 사주를 받은 그녀의 딸 살로메의 뇌쇄적인 춤사위에 반한 헤롯의 명령에 따라 목이 잘려 살로메의 접시 위에 올려지게 됩니다.

당시 세례 요한은 헤롯왕과 같은 흐리멍텅하고 방탕한 리더쉽으로는 로마의 압제로부터의 독립도, 하나님의 나라가 도래할 것이란 희망도, 그리고 그 리더가 유대민중을 위해 새로운 비전을 줄 수 없다는 것을 뼈저리게 인식하고 있었습니다. 요한은 그런 사실들을 설파하고 다니면서 유대민족이 스스로 새롭게 자각하여 깨어날 것을 목이 터져라 부르짖었습니다.

물풍덩, 세례洗禮, Baptism이라는 형식은 바로 그러한 새 사상을 단순하게 표방하는 하나의 의식전환운동의 상징이었다고 보면 쉽습니다.

향락을 위해 아주버니와 결혼했다는 민중들의 비난이 무척 성가셨던 헤로디아에게는 세례 요한같은 꼿꼿한 새 사상 민중지도자는 눈에 가시였을 것이 분명합니다. 헤롯과 헤로디아라는 이름은 희망 없는 구시대와 암울한 유대민족의 시대상황을 상징하는 그 자체였습니다. 역사적 전환점에서 새로운 사상과 구시대의 유물은 어느 시점에서 멈출 수 없는 열차처럼 격렬히 충돌할 수밖에 없습니다.

그 충돌의 결과 승자와 패자가 일시적으로 가려지게 되지만, 그 승패는 훗날 완전히 뒤바뀐 양상으로 변화하기도 합니다. 세례요한과 예수의 죽음은 바로 그러한 신구 두 세력이 충돌한 결과물이었습니다.

헤롯 안티파스는 동생 빌립보의 아내, 즉 제수였던 헤로디아와 불륜하고, 그녀가 데려온 딸 즉 의붓딸이자 생물학적으로는 조카였던 살로메와도 흥청거립니다.[35]

당시 풍습으로 형이나 동생이 죽었을 때 그 아내와 가족을 데리고 살았지만, 헤롯 안티파스의 경우 살아있는 동생의 아내를 취했으며 본처였던 지금 요르단 '페트라'의 군사강국 나마테아의 왕의 딸을 추방했습니다. 민심도 나빠졌으며 외교적인 문제도 발생했습니다. 나라 안팎으로 여러 가지로 문제점에 봉착하게 된 헤롯과 헤로디아는 더욱더 향락에 집착합니다.

이런 경우는 夏 걸왕과 말희, 殷 주왕과 달기, 周 유왕과 포사, 吳 부차와 서시 등의 고대 중국역사에도 허다히 나타납니다. 불안할수록 더욱 더 패륜과 향락을 더해서 불안으로 부터 도피하고자하는 파국적 행동들을 보이는 것이 동서고금을 통해 모자라거나 포악했던 왕들이 보여준 전형입니다. 헤로디아의 미모가 그만큼 뛰어났던 것인지는 몰라도 암튼 매우 불민했던 왕이었음에 분명합니다.

헤롯이 민중의 정서와 정치적인 이유로 요한을 처리하지 못하자[36] 헤로디아는 자신의 딸을 호시탐탐 노리던 헤롯에게 술을 먹이고 딸 살

---

35 빌립보가 안티파스의 형이라는 주장도 있지만 동생임이 더 근거 있음.
36 아무리 유신시대의 박정희라도 김지하를 함부로 사형시킬 수 없었던 이유와 비슷합니다.

로메에게 그 앞에서 춤추게 하여 그를 유혹케 합니다. 정신이 혼미해
진 헤롯에게 살로메가 선물을 요청하고 그 선물이 요한의 목이라고 말
하자 허무하게도 그날 저녁 바로 목이 잘리고 맙니다.

새 시대, 새 사람, 거듭남, 해방을 간절히 기대하던 유대민중에게는
너무나도 갑작스런 허무한 결말이었습니다.

15. 위대한 공생애 '예수 가라사대' 기록의 시작

요한의 죽음에 대한 반대급부의 민중적 토출구와 새로운 에너지가
갑자기 예수라는 30대 초반의 파격(軍神)과 돌봄(牧神)의 모습을 동시에
갖춘 신비한 인물에게로 집중됩니다. 예수님의 공생애는 일종의 의료
행위로부터 시작되었습니다.

당시 병자들은 나쁜 영혼[37]에 포섭된 자들이라는 인식이 있었고, 물
이 부족한 지역 민중들이나 사회적 약자들은 위생상태가 좋지 못했을
것이고, 의약품이나 치료법이 열악했을 것이며, 의학적 합리적 치료
보다는 주술적 치료가 성행 했을 것이며 상처를 덧나게 하는 이런저런
정제 되지 않은 사이비 처방들이 비일비재했을 것입니다. 18세기까지
만 해도 유럽 사람들은 항생제의 효과를 기대하며 소량의 수은과 비소

---

37 마귀라는 표현이 율법에 흔히 등장.

를 먹고 발랐습니다.

당시 요즘의 건선 백선과 같은 만성피부병환자는 모두 문둥병 환자로 치부되었고 팔 다리가 바르지 못하거나 정형외과적인 장애가 있는 사람, 얼굴에 심한 뒤틀림이 있는 사람, 발진이나 고열에 시달리는 사람,[38] 지속적인 구토를 하는 사람,[39] 하혈증 여인,[40] 발작하는 사람,[41] 젊은 나이에 이빨이 다 빠지거나 심하게 착색되거나 입 모양이 뒤틀린 사람[42] 등은 이런 사람은 모두 마귀가 작용해서 그랬다고 율법은 보았습니다.

2,000년 전의 비과학적 무지한 인식이니 그리 볼 수도 있다고 하겠지만, 새 사상, 새 세상, 새 소식, 사랑의 율법, 인간사랑 예수님에게는 어림도 없는 일들이었습니다. 그는 나환자, 앉은뱅이, 버림받은 여자, 아픈 여자, 아픈 남자, 이방인, 특히 이방인 여자, 생리 중인 여자, 임신한 여자, 할례전의 어린 아이, 거지, 동물고기 등을 처리하는 자, 여러 천한 직업의 소유자 등과 같은 사회적 약자들과 함께 안식일 평일, 유대기념일 등을 가리지 않고 같이 숨쉬고, 같이 먹고 마시며 같이 생활했습니다. 불필요한 율법들은 싹 다 무시했습니다.

---

38 바이러스나 박테리아에 감염된 사람이었겠지요.
39 심한 위궤양이나 위암환자였겠지요.
40 부인과적 질환. 자궁암이나 난소암 환자였겠지요.
41 간질이나 혹은 정신과적 장애환자였겠지요.
42 매일 섭취하는 특별한 음식에 따라 이빨이 검게 변색되거나 치주질환으로 잇몸이 심하게 부은 환자였겠지요.

유대의 율법은 '뭐뭐 하지마라'가 많습니다. 예수는 '사람을 위한 것이라면 뭐뭐 해도 된다'였습니다. 유대의 율법은 맹목적인 데가 있습니다. 아카바 전쟁 때 '안식일은 일하지 않는다'라는 계율 때문에 전부 무기를 버리는 바람에 몰살당했습니다. LA다저스의 4번 타자였던 유대인 션 그린은 안식일에는 게임을 하지 않았습니다.

예수는 박식 유려한 다국어 능통자 바울과 달리 긴 말을 하지 않았으며 치료시에도 '나가라, 깨어라, 일어나라, 걸어라, 낫게 하였노라' 등 짧고 간단한 말만 했습니다.

예수가 독일의 철학자 임마누엘 칸트처럼 얘기했다면 그는 지금의 예수가 못 되었을 것입니다. 칸트는 어렵습니다. 저도 칸트의 『순수이성비판』, 『실천이성비판』, 『판단력비판』을 읽어 보았는데 읽다가 중간에 포기해버리고 말았습니다. 포기했다는 말은 읽는 행위 그 자체를 스톱했다는 말이 아니라 읽어봤는데도 도무지 무슨 말인지를 알 수가 없었다는 얘기입니다. 읽기 전의 상태나 읽고 나서의 이해상태가 거의 똑같다면 그것은 중간에 포기한 것입니다.

수박을 껍질만 핥고는 그 과육의 단맛을 모르는 것과 똑같습니다. 암튼 칸트뿐만 아니라 독일 사람들의 글은 한국어로 번역된 것을 읽어도 또 읽어도 어렵습니다. 칸트가 말하는 진리는 이러합니다. '허위와 함께 어느 것 인가의 명제 또는 판단에 부착하는 성질이거나 진리는 일반적으로 A는 B이다 라고 표기된 명제 또는 판단이다.'

이 정도면 거의 수면제 수준입니다. 읽기 전에는 진리에 대해서 감이 조금이라도 있었는데 읽고 나니 더 몰라질 수도 있겠습니다. 자세히 곱씹어 읽어보면 쉽기도 합니다만 일상의 언어가 아닌 것은 분명합니다.

예수는 칸트처럼 말하지 않았습니다. 예수는 쉽게 예를 들자면 우리 동네 10살짜리 철수가 알아들을 수 없는 이야기는 하지 않았습니다. 귀가 어두운 경로당 최 할아버지나 현대자동차 하청업체 지게차 운전사 박 씨나 중앙시장 정다방 커피배달원 김 양이 알아들을 수 있는 말만 했습니다. 언어나 문자를 취급하는 급이 다른 사람에게 칸트처럼 '선험적이다', '실천이성'이니 '오성'이니 이런 얘기를 백날 해보아야 입만 아프고 배만 고프지 아침에 지저귀는 참새소리보다도 못할 것입니다.

해열제나 항생제, 항바이러스제가 없었고 외과적인 수술 수준이 정교하지 못했을 당시 아프고 힘든 자에게 영험하다고 소문난 자의 간단명료하면서 힘 있는 위로의 말, 그것보다도 더 일차적으로 안정을 제공하는 확신의 언어소통은 없었을 것입니다. 숨넘어가듯 아프고 괴로운 사람에게 일단 안 아픈 게 최고지 무슨 장광설의 논리 또는 과장된 여러 군말들이나 율법이 필요하겠습니까?

아픈 사람 이외에도 위에서 말한 상태의 사람들은 당시 성전에 출입마저 금지되었습니다. 보통 힘없고 약한 사람들이, 처지가 딱한 사람들이 당장 무척이나 괴로운 사람들이 마음 속의 의지처를 찾아 기도를 드리지 않습니까? 그런데 율법주의자들은 권위와 율법만을 내세우며 그들을 사회적으로 외면하고 집단적으로 차별했습니다. 물론 율법주의자들의 그러한 행동에 대해서는 그들 나름의 명분과 긍정적인 면도 분명히 있었을 것입니다. 하지만 거듭남, 생각을 확 바꾸자의 예수와는 충돌할 수밖에 없었을 것입니다.

예수님은 이따위 율법, 철저히 그들만을 위한, 그들만의 편협한 율법 적용방식은 차라리 하나님의 성의聖義에 위배된다고 보았던 것입니다.

예수의 파격적인 행보는 당시 대제사장 가야바와 전前 대제사장이자 가야바의 장인이었던 안나스와 같은 유대 율법중심의 기득권 세력들과 심한 충돌을 일으키게 되었고 예수님의 성전 난동사건을 계기로 이들은 위기의식은 극도에 달합니다.

예수는 "이 따위 성전이라면 내가 다 허물어버리고 3일 만에 다시 짓겠다"라고 했습니다.

가야바와 안나스의 유대율법 기준으로는 이보다 더한 불경죄는 없습니다. 루비콘 강을 건너버린 예수는 그들로부터 반드시 처리되야 하는 종교적 적이자 과월절, 사순절 등의 유대기념일의 성전참배의식을 통한 수익사업을 방해하는 훼방꾼이었습니다.

유대 기념일이면 객지에 살던 유대인들은 반드시 성전이 있는 예루살렘으로 돌아와서 율법에 따라 예배드려야 했고, 번제의식에 쓰일 공물을 사는 돈이나 헌금은 이방의 돈이 아닌 유대의 돈으로 환전하여 사용해야 했습니다. 성전 주위에서 번제, 환전, 숙박, 상행위나 이와 연관된 생업(장사)을 하던 모든 장사꾼들이 모두 들고일어나 난리가 났습니다, 요즘 경제관념으로 보면 번제의식이 없어지면 지방경제가 죽는 것이었습니다. 성전과 그 주변의 연관 사업 등은 예루살렘 경제의 큰 축이었습니다.

남 유다의 본거지 예루살렘에서 막강 기득세력인 종교집단과 중상층 유대상인들의 심기를 자극한 점. 이 자체로 이미 200km 떨어진 갈릴리 나자렛에서 흘러들어온 북부인, 정통 히브리어에 서툰 아람어 사용자 예수는 살아남기가 힘들어졌습니다. 2,000년 전 사막 광야 지역의 당시 200km의 거리는 지금 1,000km 이상 떨어진 느낌으로 보아야 하지 않겠습니까?

지역적으로 비유하자면 조선 초기 울산의 초정 사람과 동북면이라 불리며 소수 조선인과 다수 여진족, 말갈족과 고려 말기 고려에 눌러앉아 조선인이 된 몽고 계통의 사람들이 함께 살았던 함경북도 지역쪽보다 더 경계 밖의 사람들 간의 정서 차이, 언어 차이라 보면 되겠습니다. 너무나도 앞선 사상과 실천의 소유자 예수, 그의 사상을 흡수할수 없었던 A.D. 33년 당시 무지한 암흑시대와의 불화, 이것이 빛과 사랑의 소명, 예수의 딜레마였습니다.

득도 후 첫 설법을 행한 싯다르타의 고독,[43] 자신의 이상적 사상체계를 받아들일 수 없었던 잡신 다신주의,[44] 무지한 아테네의 수준을 탓하지 않은 채 독배를 기꺼이 마셔야만 했던 소크라테스의 딜레마도 이와 같았다고 인문학적인 관점에서는 볼만 합니다. 물론 종교적 신앙적으로는 예수와 같이 그리 비견할 수는 없을 것입니다.

결국 무지한 이들에 위한 '대속'과 그 대속의 희생 후 불같이 '다시 일어남'을 위해 '모두 다 이루었노라'라는 사명의 실현을 위해 예수는 초강수 정면승부를 택하고 추종자들과 여러 곳에서의 지방사역을 한 후 문제적 선동가를 잡기위해 혈안이 된 도시 예루살렘으로 다시 입성합니다.

대속, 희생, 모두 다 이룸이라는 이런 십자가 위의 의미 설명을 위해 잠시 앞으로 테이프를 돌리자면 다음과 같습니다.

예루살렘 입성 전야 → 골고다 십자가 위의 임종 상황 → 십자가 위의 처절한 고통과 갈증[45] 속에서 임종이 가까워지자 예수님은 마지막으로 "저들은 아직 저들이 한 일을 알지 못 하나이다",[46] "엘리 엘리

---

43 그의 높은 수준의 사유체계를 도무지 알아들을 수가 없었던 제자들을 탓할 수도 이해시킬 수도 없었던 상황에서의 고독.
44 고대 인도를 제외하고 그리스만큼 신들이 많았던 나라도 없었습니다.
45 의학적으로 창상에 의한 지속적인 출혈과 심한 매질과 타박으로 생긴 전신 염증반응은 극심한 갈증과 부종, 혼수상태를 동반한다고 의사들은 말합니다.
46 무엇이 옳고 그른 지를 스스로 알지 못하니 어찌하겠습니까, 저들을 용서하소서.

라마 사박다니, 오! 주여~~!! 왜 저를 버리시나이까?",[47] "모두 다 이루었노라!"[48]

이런 뜻으로 두고두고 해석될 위대한 말씀들을 남겼습니다. 그 정도의 극심한 고통의 상황에서 이 정도 수준의 말씀을 한 사람이라면 모두 누구나가 다 그가 옳은 뜻, 바른 뜻(=진리)을 위해 온 자라고 생각하지 않겠습니까?

16. 신성神性을 가진 사람의 아들 예수

저는 그가 신의 아들이든 사람의 아들이든, 상식적으로 생물학적으로 요셉의 아들은 아니다라는 논의는 둘째치더라도 십자가 위에서 이미 충분히 신적인 상태에 등극했다고 생각합니다. 사실 현대 언어철학의 개념으로 보아도 신은 눈으로 봄과 코로 맡음과 귀로 들음, 손으로 만지는 등의 행위, 즉 육식六識과 육감六感으로는 직접 실체화할 수 없다는 점이 부각됩니다.

약이색견아若而色見我

이음성구아以音聲求我

---

47 진정 제가 이렇게 끝나야 하겠습니까?
48 죄지은 자들을 위한 모든 대속과 희생 그리고 새로운 세상의 시작을 알리는 마중물이 될 것이다.

시인행사도是人行似道

불능견여래不能見如來

만일 물리적 형태로서 나를 보려하거나

특정 소리로 들어서 구하고자 한다면

그러한 사람은 삿된 일을 행하는 자이니

결코 神(=진리)를 보지 못할 것이라

가끔 구약에는 아브라함, 모세, 엘리아 등이 야훼의 말씀을 직접 들었다는 기록이 나옵니다. 야곱은 꿈인지 생시인지 신의 대리인인 천사와 한밤중에 씨름판을 벌이기도 합니다. 한 번도 예수를 본 적이 없는 사울은 하늘로부터 예수의 음성을 듣고 그 후 바울[49]이 됩니다. 이런 개인적인 체험이 어떤 정신적 심리상태에서 비롯되었는지를 밝히는 것은 애시당초 불가능하고 정신분석학이니 심리학이니 하는 것들을 굳이 들먹일 필요도 없습니다. 종교 성립과정들의 의미론적 사건들로 이해하는 편이 무난합니다.

여하튼 신이 확정된 확정가능한 명사가 아닌, 어떤 행동적이고 실천적인 동사적 의미이고 그것에 대한 느낌으로서의 형용사나 부사적인 그 무엇을 표현하는 개념이라고 할 때 피를 말리며 죽어가는 그, 십자가 위에서 이 정도 되는 사상세계와 정신수준을 이야기했던 사람이 바

---

49 작다는 뜻.

로 예수라면 나는 그가 신으로으로 불리어져도 하등의 문제가 없다고 생각합니다.

특별한 신의 조건이 어디에 특정된 말로서 정의되어 있지는 않습니다. 그런 존재를 신으로 부르지 않는다면 도대체 누구를 신으로 불러야 할까요? 차라리 저 작열하는 태양이나 번쩍거리는 번개나 무한한 경외감을 자아내는 오로라를 보면서 신을 느끼는 편이 낫지 않을까요?

신이라는 뜻에는 이미 그것이 인간에 의해 표현되어지고 경외심을 유발할 때 더 강력하게 존재할 수 있는, 일반적인 인간 한계 밖의 어떤 대상물이라는 의미가 내포되어 있습니다.

공자가 말한 "인간이 道를 아름답게 하지 道가 道를 아름답게 할 수 없다"는 말은 결국 인간이 신을 아름답게 하지 신이 신을 아름답게 할 수는 없다라는 말과 같은 의미입니다. 인류사 전체를 통해 누구나 다 자기 나름, 그 지역 나름, 그 시대에 따라 그 씨족, 부족, 민족들이 의지하고 경외하는 여러 신들을 생산할 수 있었고, 그리하여 여러 지방 신들이 민족과 국가의 성립 시점에 하나의 신=유일신으로 통일되는 시기를 거치게 되었습니다.

더 나아가 나라가 통합되어서 제국의 모습을 완성할 때는 그 제국 내의 사상적 일원화를 위해 단 하나의 신은 더욱 더 강력해졌고 여러 잡신다신雜神多神들은 신화 속으로 활동범위를 축소해야만 했습니다.

물론 그 신화의 개개 신들도 민족사적으로, 또 여러 서사시와 문학과 예술의 소재로서는 살아남았습니다. 유일신 사상과는 완전히 성격이 다른 희랍의 많은 신들이 그 예입니다.

그리스 신화 속의 여러 신들은 인간 모습의 다양한 변형들입니다. 인간처럼 술도 마시고 결혼도 하고 바람도 피우고, 실수도 하고 전쟁도 하고 삐지기도 하고 이간질도 하며 도망도 다니고 게임도 하고 어찌 보면 찌질 하지만 유쾌한 명랑운동회의 신들입니다.

대속이니 다 이룸, 구원 등과 같은 개념은 없지만 줄기차게 인류의 머리 속에서 상상력을 자극해 왔습니다. 미술사 문학사 예술사에서 그리스신화의 소재를 뺀다면 아마 예술작품의 호적이 반으로 줄어들 것입니다만 그리스신화의 여러 신들은 2,500년 전 페리클레스의 시대를 정점으로 종교적인 가치를 상실한 채 파르테논 신전과 미로의 비너스 등을 관광지와 유물로만 남기게 되었습니다. 하지만 예수라는 이 사람에 관한 이야기들은 그리스 신화와는 차원이 달랐습니다.

17. 막달라 마리아, 이스칼리웃 유다, 폰티우스 필라테, 가아바와 안나스 그리고 사람의 아들, 예수의 죽음과 신성으로의 부활

대속, 희생, 진리, 모두 다 이룸[50]이라는 기독교에서 가장 중요한 단

어들에 대한 설명을 잠시 마치고 다시 예루살렘 입성 전으로 다시 되돌아 가보겠습니다.

지명수배자 예수는 메시아에 대한 구약의 예언처럼 나귀를 타고 예루살렘에 입성합니다. 예루살렘은 고지 성벽으로 둘러쌓여 입구와 출구의 대로성문을 통해서 출입을 하는 형태의 성곽도시였습니다. 성전과 상업지 주거지 등의 중심부는 그냥 울산의 남구 중심부 정도의 규모입니다. 즉 들어오면 행적이 빤히 다 드러나는 상황입니다. 입성 자체가 이미 '나는 잡히러 왔다'는 뜻입니다.

당시 예수 추종집단의 재무 담당이었던 영민한 제자 이스칼리웃(가롯) 유다의 계획된, 예수님이 예고한 밀고로 체포되어 재판에 회부됩니다. 가롯 유다는 머리가 팽팽 돌아가는 사람이었습니다. 처음에 그가 예수를 따라나선 것은 그가 영민한 이해력으로 예수의 말을 다 알아들었기 때문입니다. 그는 예수 집단의 살림살이를 도맡을 정도로 기민하고 섬세한 인물입니다.

막달라 마리아[51]가 값비싼 향유를 통 채로 부어 예수의 발을 씻겨주는 것을 보고 "그 정도 향유를 빵으로 바꾸면 많은 사람을 먹일 터인데"라고 말합니다. 가난한 집단의 살림살이를 모두 담당해야만 하는

---

50 神性의 반열에 오름.
51 정경에는 그냥 마리아=여자로 기록.

현실적인 계산입니다. 예수님은 그러한 유다의 태도를 크게 비난합니다. 그 여인의 마음이 중요한 것이지 물질적인 것에 연연하지 말라라는 식으로 유다를 꾸중합니다. 막달라 마리아[52]는 대개 이런 식으로 예수의 제자들과 충돌하는 인물로 기록, 부각되어 있지만[53] 그녀는 지역의 부유한 사람이었음으로 예수 집단을 경제적으로 후원했습니다. 예수의 처형현장을 지킨 여성 중의 한 사람이며 돌무덤에서 예수의 시신이 사라진 것을 처음 확인한 인물로 기록되어 있습니다.

요즘 넷플릭스에서도 볼 수 있는 '부활의 첫 번째 증인 막달라 마리아'라는 영화작품을 만든 감독의 시각에서는 그녀는 달리 표현됩니다. 정경에서의 그런 부정적인 면보다는 당대의 깨어있는 여성으로 묘사됩니다. 저는 이 영화를 두 번 보았습니다.

2,000년 전 당시 유대민중사회는 철저하게 지독하리만큼 남성 위주의 사회였고 20세기까지도 실로 유대인 사회에서 여성의 입지는 그러했습니다. 특히 종교 관련은 더욱더 그러했습니다. 아무튼 예수 사후 그녀는 예수 추종집단에서 철저하게 소외되었고 부정적인 면으로만 묘사됩니다.

예수가 남녀노소빈부를 구분치 않았던 것에 반해 예수 사후 추종 공

---

52 막달라 지역의 마리아라는 뜻. 마리아, 마리암은 당시 대부분 여자들 즉, 왕족 귀족을 제외 한 일반 여자들의 가장 흔한 이름. 그냥 일반적인 여자라는 뜻도 포함.
53 그런 기록만 정경에 남기고 여러 기록은 빼버림.

동체집단을 주도하는 기록에는 막달라 마리아를 비롯해서 어떤 여성도 거의 등장하지 못합니다. 편입되지 못한 여타 기록에는 그녀와 랍비(=예수)와의 일화가 상당히 많이 전해져 옵니다.

이 여성 막달라 마리아와 자주 충돌한 가룟 유다는 향유 사건 이후 모든 기록에 악인, 현실적인 인물, 계산하는 인물, 조직의 곁가지를 도는 인물로 묘사됩니다. 추측하건대 가룟 유다는 초창기 추종 시절 예수에게서 세례 요한 같은 정치적 리더십과 민중적 열망을 실현시켜 줄 비전을 기대했을 것으로 보입니다.

그는 상당히 정치적인 성향을 지닌 인물입니다.[54] 예수의 카리스마와 이적이 당시 유대 민중의 정치적 리더십으로 성장하기를 기대했으나 정작 예수 공생애활동은 유다가 지향하는 정치적인 그런 현실적 비전과는 확연한 차이를 보이는 쪽으로 진행되어 갔습니다. 정치적 인물 예수를 기대한 유다는 사상적 인물 예수에게서 점차 멀어져 갔습니다. 예수와 유다 두 사람은 시간이 지나는 동안 서로가 서로에게 파악되어 갔고 예수의 모든 말을 잘 이해했던 명석한 두뇌의 소유자 유다는 예수라는 사람이 궁극적으로 흘러가고자 하는 큰 물결의 방향을 파악했습니다.

하지만 그것은 비틀즈의 노래 '더 롱 앤 와인딩 로드(멀고도 돌아가는

---

54 현실 정치 리더로서의 성향과 자질로 보면, 예수 < 세례 요한 < 가룟 유다 順.

길'처럼 현실정치를 지향하는 그에게는 동참할 수 없는 흐름의 강물이었습니다. 그리고 그는 열심당원(제롯파)이 될 수도 사두개파가 될 수도 없었습니다. 원리주의 금욕적 에세네파는 애초부터 그와 같은 현실적인 머리가 팍팍 돌아가는 사람에게는 물과 기름입니다. 결국 그는 예수를 고발함에 이릅니다.

로마군로부터 받은 은화에 예수를 팔았다는 얘기는 그가 로마파가 되기로 했다는 뜻으로 보입니다. 이완용이 되어 바리세나 로마파의 중간파로서 한 자리나 차지해볼 요량을 가지게 된 것으로 보입니다.

나중 베드로가 세 번 부인할 것을 안 것처럼 인간에 도통한 예수는 유다가 자신을 고발할 것을 예견하고 그것도 다 이룸의 한 과정이라는 모호한 말씀을 남깁니다. 훗날 주다스 프리스트가 생기게 되는 의미가 됩니다.

기록에는 예루살렘 입성 전야(=예고된 죽음) 인간 예수의 고뇌와 결단이 눈물 나도록 처절하게 묘사되어 있습니다. 당시 로마로부터 파견된 유대 총독은 폰티우스 필라투스였고 우리말 성경에는 본디오 빌라도로 주로 기록되며 총독 대신 행정관이었다는 표현도 있습니다. 영어의 Governor정도로 보면 무방할 듯합니다.

예수 재판 내내 본 재판건과 본인은 무관해 지려고 귀찮아합니다. 아내 프로큘라도 예수라는 젊은이가 죄가 없다고 계속 간청하기도 했었고 자기는 굳이 이 청년을 죽어야만 할 이유가 없었으므로 예수가 북부 갈릴리 나자렛 출신이라는 근거를 대며 로마파 지역 봉분왕 헤롯에게 슬그머니 예수의 재판을 위임했다가 이 재판이 지니는 민중적 의미를 무시할 수 없었던 눈치 빠른 헤롯이 예수님을 모욕과 조롱만 실컷 한 채로 행정적 재판의 결론 없이 다시 예루살렘으로 보내버리는 바람에 행정과 기록상으로는 예수님의 처형을 명령한 자로 역사에 남게 됩니다.

대제사장 가야바와 안나스가 실제 처형기획자이고, 성전 주변상인들이 처형 지지 세력들이고 헤롯은 수수방관한 처형찬성자이며 빌라도는 할 수 없이 그냥 처형을 서명한 행정관이었습니다. 사형언도 후 손을 씻으며 "나는 이 젊은이의 죽음과 무관하다"라고 말한 것으로 유명합니다.

빌라도는 훗날 관할 유대지역에서의 제롯파들에 의한 세금불납운동, 소규모지역에서의 지속적인 반란 등의 책임을 물어 로마로 소환되는 도중 황제의 미움을 두려워한 나머지 자살 혹은 암살당했다고 전해집니다.

예수의 재판과 골고다에서의 처형과 부활에 관한 기록들은 4대복음서 속의 목격자, 기록편집자들에 의해 다양하게 묘사되어 있습니다.

18. 베스파시아누스와 그의 아들 티투스 장군, 예수 사후 요세푸스가 기록한 유대의 완전한 멸망

예수님이 돌아가신 후 약 40년이 지나 유대는 완전히 멸망되어 역사에서 그 나라 명을 상실한 채 1,800년을 보냅니다.

AD40~60년 사이 유대에서는 끊임없는 반란과 급진과격무장혁명세력이 되어버린 열심당(=제롯당)이 주도한 세금불납운동이 일어나게 됩니다. 결국 AD66년에는 예루살렘 지역에 주둔하던 로마군 중 성전 주변의 치안을 담당하던 수비대를 제롯 당원들이 공격하게 되고 이들이 성전 안으로 달아나자 제롯 당원들은 무기를 버리고 투항하면 살려주겠다고 약속했지만 정작무기를 다 버리자 모조리 다 몰살해 버리고 마는 사건이 발생했습니다. 혼란에 빠진 로마수비대는 퇴각하면서 많은 무기와 군장을 두고 달아났고 이렇게 확보한 무기로 무장한 유대 반군세력은 예루살렘에 군사정부를 수립한 후 마사다 요새를 점령합니다.

그리고 그 유명한 요세푸스라는 젊은 사제를 사령관으로 임명하면서 갈릴리 수복을 명하고 요세푸스는 일시적으로 북부 갈릴리 지역까지 군사적 진출을 하기도 했습니다. 요세푸스는 믿을 수 없을 정도로 조삼모사, 기발하고 영리하고 간사한 능력자였습니다. 저는 그와 비견으로 조선 6명의 왕을 모셨던 천하의 재간둥이 한명회를 생각합니다. 훗날 그가 보인 변화무쌍한 행적들은 그가 어떤 사람인지를 너무나도 잘 보여줍니다. 그러나 스스로 다 기록했고『고대유대사史』라는 불후의 명저를 남긴 탁월한 인물이기도 했습니다.

유대의 군사적 반란에 로마는 발칵 뒤집혔고 사태의 심각성을 인지했던지 당시 그리스에 주둔하던 브리튼 원정의 영웅 베스파시안(=베스파시아누스) 장군에게 반란을 진압할 것을 명합니다. 이에 베스파시아누스는 그의 아들 티투스 장군과 함께 시리아를 거쳐 갈리리로 직행했습니다. 케사르 시대 때부터 백전불패의 전설의 상승常勝군단 제10군단(=LEG X)을 포함한 4개의 로마군단이 투입되었습니다.

각 10명씩의 단위소대로 배열된 진형의 제10군단은 요즘의 도량형으로 치자면 약 45kg의 군장을 메고 30km를 거리를 5시간 안에 진군하던 가장 강한 군인들만으로 구성되었으며 승리 시 전리품 배당이 가장 높았던 부자 군軍으로 자발적으로 사기 충만한 군단이었습니다.

당시 전쟁은 승리 시 약탈과 전리품 배당, 여성 유린, 노예 확보 군마와 무기 획득 등이 합법적으로 이루어지던 살상 무기를 가진 폭력집단의 적극적인 경제활동이었습니다. 정벌명분을 가지고 얻을 것이 부지기수인 이방 땅에 들어선 강력한 제국의 대규모 군대는 거칠 것이 없었고 이스라엘의 운명은 불을 보듯 뻔했습니다.

현실감각이 뛰어났던 요세푸스는 승산이 없다는 걸 누구보다도 잘 알았고 수비에만 집중합니다. 요타파타로 피신한 유대반군은 결국 47

일 만에 요타파타를 내어주었으나 오래 전부터 깊고 깊은 피신처 땅굴을 준비해 둔 탓에 모두 미로와 같은 땅굴로 피신해 버렸습니다. 튀르키예의 데린구유를 가보신 분이라면 입이 쩍 벌어지는 그 엄청난 땅굴도시의 규모와 물 공급 시설, 숨겨진 외부 통기시설, 위생시설, 조리시설 등을 이해할 만할 것입니다. 아무튼 유대인들은 지독하고 유별나고 기발합니다.

한 번씩 정탐과 지하수로의 확보를 위해 밖으로 나갔던 사람의 배신으로 땅굴에 숨은 것이 들통 나자 땅굴 입구를 아예 막아버리고 장기 도피에 돌입합니다, 하지만 제한된 식량, 물, 공기 문제 등 이미 승패는 결정난 게임이었습니다. 로마인에게 죽느니 유대인들은 모두 제비뽑기로 한명씩 스스로 죽기로 합니다. 제한된 식량의 최종 사용자가 최종 생존자가 되는 비극적인 게임이었습니다.

그러나 그 제비뽑기의 승자는 결국 두 명으로 압축되었고 요세푸스는 자신을 제외한 마지막 한 사람을 설득해 로마군에 투항할 것을 제안합니다. 여럿이 다들 살아있을 때 투항을 제안했다면 분명 요세푸스는 그 땅굴 안에서 맞아 죽은 후 갈기갈기 찢겨져 돌로 갈아 버려졌을 것입니다. 유대인들의 반유대적 행위, 야훼배신에 대한 응징은 모세 때부터 잔혹하기로 정평이 나 있다는 것을 앞서 누차 밝혀드렸습니다.

요세푸스가 어떤 수를 사용해서 그 최종 2명에 남게 되었는 지는 짐작으로 알만하고 로마로 투항한 직후 밖으로 나오게 되자 그 나머지 한 사람은 바로 죽임을 당합니다. 반란 진압 성공자 베스파시아누스의 아들 티투스는 참고인으로 한 사람은 살려두어야 반란의 원인, 과정, 결과를 정리해서 로마에 보고할 수 있었을 겁니다. 로마는 그 정도로 수준 높은 문서기록 행정제국이었습니다. 그것이 몽고와 달리 천년을 지속할 수 있었던 이유가 아닐까요?

그 후 요세푸스는 베스파시아누스와의 대면으로 그와 친분을 틉니다. 죄인이지만 그는 재능과 해박한 지식 그리고 유려한 헬라어와 라틴어 사용으로 정복자인 최고실력자의 눈에 들게 됩니다. 그리고 당시 꼬이고 꼬였던 로마 본국의 혼란 상황에서 베스파시아누스가 황제가 될 수도 있다는 계책(꿈 해몽을 곁들임)을 제공합니다. 베스파시아누스는 이 유대출신의 해박한 사제가 마음에 들었습니다. 이왕 유대를 다스리려면 이런 이완용 같은 토착민 하나 정도는 있어야 편합니다.

강력한 군벌이자 이방에서의 여러 번에 걸친 대승으로 인기가 높았던 베스파시아누스는 유대 땅에 주둔해 있을 당시 이미 원로원으로부터 황제로 추대되어졌고, 그의 아들 티투스와 요세푸스에게 유대 땅을 위임한 후 로마로 돌아가서 실제로 황제가 됩니다. 아버지가 떠난 후 티투스는 군대를 이끌고 요세푸스와 함께 예루살렘으로 진격합니다. 로마군이 몰려온다는 소식에 사람들은 도망쳤고 예루살렘에 도착한 티투스의 군대는 예루살렘의 성벽과 일부 헬라식 건축물을 제외하고 성전을 포함한 모든 건축물을 철저히 파괴하고 11만 6천명을 학살

합니다.

　요세푸스가 일일이 시체 검사소에서 유대인 시체를 확인한 후 결과 통계를 기록했습니다. 일부 유대인들은 살려놓았다가 티투스와 요세푸스가 저녁식사를 하며 포도주를 마시는 동안 여흥을 위해 검투사로서 서로 싸우게 하여 죽였습니다.

　살아남은 열심당원의 일부가 마사다 요새로 도망치고 결사 항전합니다. 이때의 요새 안에서의 참혹한 상황은 배고픔에 아이들을 잡아먹었다는 요세푸스의 기록 하나만으로 대신합니다. 결국 로마군은 마사다 요새를 넘을 높이만큼의 흙산을 축조합니다. 모든 희망이 없다고 느낀 마지막 열심당원들이 모두 집단 자살하면서 마사다 요새도 함락됩니다. 이때가 유다가 멸망하는 A.D. 69년에서 70년 사이의 일들입니다.

　훗날 티투스는 일부 유대인들을 로마까지 사슬에 꿰여 끌고 와서 본인의 개선식 날 모두 잔혹하게 처형하는 퍼포먼스를 벌입니다. 요세푸스는 살아남았고 로마인이 되어서 베스파시아누스를 보필하는 동안 『유대史』 등을 집필했습니다. 희한한 것은 그의 모든 행적도 모두 다 기록했다는 점입니다. 보통 사람은 아니었던 것이 분명합니다.

　예수에 관한 기록도 있습니다. 종교기록물이 아닌 개인이 적은 일기 형식을 빌린 기록들입니다. 요세푸스의 예수에 관한 두 가지 기록을 소개합니다.

1) 많은 유대인들과 이방인들이 예수라는 현자를 따랐다. 그들에게 그는 그리스도였다. 유대 지도자들의 요청으로 폰티우스 필라투스가 갈릴리 출신 예수를 십자가에 못 박아 처형했다. 그가 죽은 후에도 도처에서 그를 따르는 무리들이 있었다.

2) 예수의 친형제 야고보가 율법을 위반한 죄로 안나스와 그가 이끄는 산헤드린에 의해 처형되었다.(F. 요세푸스, 『유대사』)

또, 어느 유대 랍비의 구전을 2세기 초에 기록한 것으로 보이는 유대 율법주의 랍비자료에도 예수에 관한 기록이 있습니다. "예수라는 자가 마술을 행하고 이스라엘을 그릇된 길로 이끌었다. 재판 내내 제자들은 모두 도망쳤고 그를 변호하는 이가 한 사람도 없었으므로 유월절 전날 그를 처형하였다."

재판 중 제자들이 모두 사라진 것과 변호하는 사람이 없었다는 점, 유월 전 전날 처형했다는 기록은 당시 일어난 일을 사실적으로 기록한 듯 보입니다.

실제로 예수의 추종집단 중 수제자였으며 리더 역할을 했던 베드로(=시몬)를 두고 예수가 예루살렘 입성 전 했던 말, "해가 뜨기 전까지 너는 나를 세 번이나 부인할 것이다"라는 예언대로 예수 체포 당시 "나는 저 자를 모르오"라며 현장을 도망쳤고 재판 내내 나타나지도 않았으며 정작 베드로뿐만 아니라 그동안 그를 따르던 제자들과 추종자들이 예수가 처형되기 전까지 모두 흩어져서 단 한 사람도 나타나지 않았습니다. 변호가 이루어질 리 만무했습니다.

예수가 심한 채찍질을 당한 후 십자가를 메고 골고다를 힘겹게 올라갈 때에도 오직 베로니카라 불리게 된 어린 여자아이만이 예수에게 물을 건네주었습니다. 모두 다 도망갔다는 얘기고 예수 곁에 있으면 공범으로 몰려 죽는다는 것을 다들 인지하고 있었다는 얘기입니다. 예수는 유월절 전날 골고다에서 처형되었습니다.

아무래도 예수를 죽인 산헤드린 측을 옹호한 율법주의 랍비의 기록으로 보이며 전체 내용은 적대적으로 묘사되어 있습니다.

제2장 신약의 시대

앞에서 유대민족의 역사를 B.C. 2,370년의 셈족 샤르곤으로부터 예수님 사망 전후의 사건들까지 인물 중심으로 연관 지어 간략히 정리해 보았습니다. 이제부터는 예수님 사후에 성립된 기록인 신약성서의 백미 4대복음서에 대해 주로 알아보고 신약성경을 있게 한 대표 두 주인공 사도 바울과 베드로에 대해 그 출신과 인물됨을 간략히 알아보도록 하겠습니다.

복음서와 바울의 편지, 사도행전, 베드로와 요한의 편지의 세세한 내용들은 신약에 고스란히 다 있으므로 당연히 생략하고 주로 4대복음서인 3공관복음서와 요한복음서의 성립 배경을 공관公觀이라는 의미가 주는 그대로 전체적인 공통점과 각 복음서의 차이점, 지향하는 바와 메인 테마를 비교분석하도록 하겠습니다.

1. 새로운 약속, 신약의 구성

아시다시피 예수그리스도의 하나님 됨을 선포(=케리그마)한 신약성
서는 4개의 복음서[1]와 사도 바울의 편지글들과 사도들의 행전行典, 베
드로와 요한을 포함한 몇몇 제자들의 편지글, 작자미상의 히브리서
그리고 요한의 묵시론적 종말론을 기록한 계시록으로 구성되어 있습
니다.

저는 개인적으로 묵시론적 예언서나 종말론에는 별 감흥을 느끼지
못하고 있고, 그러한 형태의 아포칼립소적인 문학적 기술양식들을 진
지하지 않게 보는 경향이 있어서 잘 읽지 못하는 편입니다. 굳이 종말
론을 들먹이지도 않더라도 태양에서 수소 → 헬륨 핵융합 반응이 끝나
는 즈음에는 태양은 지금보다는 훨씬 더 뜨거워진 거대 항성(=별, 스텔
라)이 된 후, 종국에는 내부압력을 견디지 못해 초신성(=슈퍼노바)으로
폭발할 것입니다.

물리학자가 아니라서 그 세세과정은 알수 없으나 그때는 이 지구상
의 모든 생명과 물질은 두말 할 것도 없이 없어지게 되고 태양계 내의
모든 행성과 물질들이 재편(파괴 후 재순환) 될 것입니다. 우주 스케일의
물질과 구조가 무너지고 난 뒤의 정신의 가치, 흔히 쏘울Soul이라고
부르는 그 가치를 강조하기 위해서 계시록이 그러한 상황을 표시했을

---

1 Evangel, Gospel, 좋은 소식誌라는 뜻.

수도 있고 그러지 않을 수도 있겠지만, 구약의 창세기에 첫 장의 기록 '퍼펙트'의 의미인 '보기에 좋았더라!'가 인간의 죄로 인해 묵시론적 종말론으로 완결되어야만 하는 확정적 직선적 세계관이 아직은 저랑 맞지 않는 부분이 있습니다.

2. 바울이 된 사울

1) 바울의 출신 성분

바울이라는 사람부터 살펴보겠습니다. 사도라는 수식어가 항상 따라다니는 바울은 본디 바리세인 중의 바리세인, 벤자민 지파 히브리 중의 히브리, 정통 율법주의자 귀족 집안 출신으로 본명은 사울입니다.

안티옥의 북서부 헬라풍의 도시 길리기아에서 출생한 탓에 헬라문화와 언어를 자연스럽게 습득했습니다. 어릴 적부터 상당한 수준의 교육을 받았고 보기 드물게 로마시민권을 가지고 있었으며 헬라어뿐만 아니라 히브리어, 아람어, 라틴어, 콥틱어에 능통한 수재였습니다. 촉망받는 율법자로서 율법주의에 반대해 일어난 예수운동의 박해자로 처음에 등장합니다. 즉 예수를 처형한 산헤드린의 율법수호자를 자처한 셈입니다.

본디 사람의 신념이라는 것은 그가 알고 있는 지식, 개인적인 환경, 체험 등으로부터 시작하기 때문에 사울은 처음에 이러했을 겁니다. '예수 추종자 네 이놈들 ~~!!, 내가 논리적으로나 율법적으로나 너희들이 틀렸다는 것을 다 까 부수어주겠다.' 그런 사울이었습니다. 예루살렘을 피해 달아난 예수 추종자들을 토벌하러 다니다 시리아의 다마섹에 이르러 눈이 멀 정도로의 강렬한 빛으로 시각적인, 그리고 예수의 음성을 청각적으로 직접 경험한 후 전향해서 완전 진순眞純예수파로 개종하게 됩니다. 요새말로 하자면 눈에 불을 켜고 잡으러 다니다가 최애 골수팬이 된 거라 보면 됩니다.

사람의 감각 중에 시각적 청각적 정보만큼 그 개인에 의식에 크게 영향을 미치는 것도 없습니다. 자신이 직접 본 것을 들은 것을 안 믿기는 힘듭니다. 그것이 개인적인 환청이었든 착시였든 그 경험은 바울 개인에게 강렬한 경험이 되었을 것임에는 분명합니다. 예수 추종자들을 잡으러 다니다 보니 바울이라는 이 고급지식인은 자연스럽게 예수 행적에 관한 논리적 전문가가 되었을 것이고 그러다 보니 예수라는 이 위대한 정신의 인물에 대해 갈수록 매료되었던 것이 분명합니다. 2000년이 지나도 여전히 그런 매료시킴의 소유자인데 사후 직후인 2000년 전에야 어떠했겠습니까? 사울은 이렇게 느꼈을 것입니다. '아~ 내가 예수라는 이 사람의 추종자들을 계속 잡으러 다녀야 되는 것일까?' 그러다가 그는 사울에서 바울이 되었습니다.

다양한 이방어(=외국어)의 능통자답게 최초로 비유대계 외국인들인 헬라인 로마인들에게 선교한 인물이기도 합니다. 예수라는 실존인물은 바울이라는 실로 놀라운 불가사의한 능력을 발휘한 큰 그릇을 통해 비로소 헤브라이즘의 메시아에서 헬레니즘 사상의 빛 그리고 대제국 로마라는

국제 연결망을 통해 全인류를 향한 크리스차니즘의 살바도레로 구현되게 됩니다.

2) 사도가 된 바울, 헬레니즘 위의 헤브라이즘, 예수의 '아버지 하나님'과 헬라의 '로고스'

마호메트에 의해 창시된 이슬람교의 경전인 코란[2]과 이슬람의 모든 기본은 '신(Al Lah =The God)은 하나뿐이며 마호메트(=무하마드)는 그의 사도이니라'라는 암송에서 시작됩니다. 이때의 사도라는 의미에서 본다면 바울은 예수라는 신의 사도입니다. 바울은 예수를 훗날 성령·성부·성자 3위를 일체로 보는 관념에 지평을 개척한 사람입니다.

사실 사도 바울 이전 예수 이전 600년 전부터 그리스(=헬라, 희랍)라는 문명세계에는 수많은 철학과 자연과학 수사학, 역사 기록 방식 등이 찬란하게 꽃을 피우고 있었습니다. 로마는 이런 헬라문화를 다 흡

---

2 꾸란. 읽어야 하는 것이란 뜻.

수한 채 신흥제국이 되어갔고, 바울은 앞서 밝혔듯이 헬라어와 라틴어, 콥틱어(고대 이집트어)에도 능통한 로마 시민권을 가진 히브리인이었습니다. 즉 이집트문명, 그리스문명, 로마문명의 사유체계가 모두 그의 머릿속에 저장된 사람이었습니다.

어느 한 사람이 여러 가지 언어로 말하고 생각하고 쓸 수 있다는 사실은, 벌써 이 사람의 두뇌가 이미 다중적, 다양적, 분석적, 비교적, 통합적으로 돌아가고 있다는 것을 의미합니다. 예수는 이런 바울에 의해 당시로서는 편협한 유다 지방의 특정 메시아에서 그리스적 이상적 理相的 진리眞理, 이데아상의 그리스도, 진리 또는 모든 인류의 경외대상이면서 가장 큰 자연인 우주의 섭리(=중용에서는 이를 두고 "성性"Nature 이라 표현), 그 자체로 격상됩니다. 예수는 그리스의 로고스, 중국인들이 얘기하는 하늘의 도道 그 자체가 되었다는 뜻입니다.

사실 어느 한 편협한 지역의 어느 배타적인 민족이 자기들만 선택되었다 하면서 자기들만의 신 놀음을 하고 있다면 어느 국제 질서상의, 국제관계상의 국가나 타민족이 좋아하겠습니까? 특히 이러한 배타성이 주변 이웃과 심한 영토 전쟁의 원인을 끊임없이 야기한다면 말입니다. 영토전쟁은 너무나도 심한 민족적 후유증을 남깁니다. 지금의 우크라이나전쟁, 그리고 30년 전 유고슬라비아 붕괴 후 발칸반도에서의 이종교 이민족간의 전쟁은 그 당사자들은 물론 주변 이웃나라에 막대한 악영향을 초래합니다.

출애굽 이후 모세와 여호수아의 역사는 사실 피와 도륙의 역사입니다. 히브리 민족의 입장에서야 그것은 큰 정의이지만, 다른 토템의 농경문화권 신을 추앙하는 이웃민족에겐 큰 재앙이었습니다. 바울은 이런 구조적 한계를 극복하고 예수라는 사상적 상품을 당시의 글로벌이란 개념의 그리스와 로마에 마케팅 한 사람입니다. 예수님도 '네 이웃을 사랑하라'고 했고 여기에는 소의의 옆집이웃이 아니라 이방 이민족, 열방의 개념이 포함된 이웃임은 누차 강조했습니다. 사마리아[3]인은 히브리인들이 같이 식사는 물론 이야기를 나누어서도 안 되는 이방인이었습니다. 그 이유와 역사는 여기선 생략합니다.

성경에 기록된 예수의 사마리아인에 연관된 이야기와 그 의미는 누구나가 다 잘 압니다. 예수님은 사마리아인과 이야기했고 그들과 모든 것을 나누었습니다. 참조로 갈릴리는 예루살렘으로부터 사마리아보다 훨씬 더 동북쪽으로 멀리 떨어진 곳입니다.

편협의 진리체계에서 열방의 진리체계로 전환, 이것이 바울의 아젠다였습니다. 예수님이 '진리가 너희를 자유롭게 하리라'라고 할 때 그 '진리'가 희랍의 '로고스', 중국의 '도道'이며, 유대민족의 '말씀'입니다. 지역적으로, 민족적으로 채소와 고기를 먹는 방식이 조금씩 달랐듯이, 표현이 달랐을 뿐 그 무엇, 바로 어떤 그것을 표현하고자 했던 점에서는 결국 같은 개념의 언어들입니다.

---

3 사마리아는 앗시리아에게 멸망되기 전 北이스라엘의 수도

왜 유독 성경에 하늘에 계신, 하늘나라로 승천하셨다, 하늘의 하나님 우편에 앉아 계시다가 천주天主같이 하늘의 주인, 하늘이라는 개념이 많이 나올까요? 하늘나라는 디즈니랜드와 같은 물리적 공간일까요? 그래서 그 하늘이 어떤 물리적 공간이라면, 그 하늘이라는 곳은 도대체 어느 높이에 있는 것일까요? 지금도 접근하기가 힘든 곳, 하늘이란 곳, 기상상황이 일어나는 대류권, 그 위의 성층권과 열권, 대기권 이러한 지구라는 구체球體 밖의 공간은 그때는 더더욱 접근 불가의 공간이어서 그냥 경외의 의미로서 그렇게 불렀을까요? 오른편에 앉아 계시다는? 우주에서 우편 좌편이 과연 있을까요? 굳이 그리 표현했다면 그건 어떤 의미일까요?

저는 이러한 '하늘'이라는 개념이 어떤 물리적인 공간에 거居하는 그런 개념이 아니고 그것은 인간이 지향하는 모든 체계 속의 '정의'나 올바른 것, 성경에서 표현한 '말씀'과 같은 진리라는 큰 개념의 관념적 표현이라고 생각합니다.

사실 진리는 언어로 정의될 수 없습니다. (道可道非常道 名可名非常名)

대大국어사전이나 브리태니카 백과사전을 찾아봐도 그것이 딱 무어라는 설명은 어느 한 구절도 없습니다. 마이클 샌들의 『정의란 무엇인가?』라는 두꺼운 책을 다 읽어봐도 어느 한 구절에도 정의가 무엇이다라는 표현은 없는 것과 같습니다.

정의, 사랑, 평등, 진리 이런 것들은 매우 상대적이고 포괄적이며 관념적인 인간 정신활동의 발명품이기 때문입니다. 인간은 이런 관념적인 발명품을 잘 이용한 탓에 오랑우탄보다는 상대적으로 높은 문화와 역사인식을 가질 수 있었을 수 있었습니다.

사실 화폐라는 개념도 그냥 바나나와 쌀과 생선 등의 가치가 상상화된 약속 개념입니다. 인간은 이런 상상의 개념들을 이용하여 효율적인 시스템을 만들 수 있는 현지구상에서는 유일무이한 존재입니다. 물 위에 집을 잘 짓는 비버가 화폐를 만들고, 점프를 잘하는 벼룩이 진리를 논하고 달리기를 잘하는 치타가 평등을 이야기한다면 저는 언제든지 그들과 허심탄회하게 이야기 하거나 혹은 때에 따라서는 만물의 영장이란 타이틀을 그들에게 양보해야 할 것입니다.

성경에 표현된 하늘나라에 대한 저의 이해는 대충 이러합니다. 보내드릴 중용이라는 책에 언급된 '천명天命'이 실현된 '도道'와 비슷한 개념으로 보고 싶습니다. 물론 천天이니 도道니 하는 이런 단어는 중국인의 사유체계에서 비롯된 동북아시아적인 표현들입니다.

예수는 로고스니 천天이니 도道니 이런 현학적이고 철학적인 개념의 표현을 사용치 않았습니다. 앞서 그는 단순 명료 기본, 즉 쉬운 민중적 언어의 사용자라고 밝혔습니다. 그의 언어가 가지는 강력한 습관입니다. 위의 그러한 철학적 개념의 언어들은 단지 여러 세월 속의 숱한 번역 속에서만 그리 표현되어졌던 언어들입니다.

그의 아람어 속의 기도나 다짐말 속에서 하늘에 계신 그 분을 아버지라고 표현했습니다. 야훼(=여호아)니 일-라야(=Il lha神)라는 표현보다는 아바Abba, Abaya라고 늘상 불렀습니다. 단, 평소 기도하실 때가 아닌 십자가 위에서 처절히 돌아가실 때에는 '엘리! 엘리! 라마 사박다니'라고 불렀다고 기록되어있습니다. 아바는 우리말 발음과 희안하게도 똑같은 아빠이고 아바와 비슷한 발음인 아하바ahaba는 사랑이라는 뜻입니다.

주여!로 번역되지만 실은 친근한 항상 가까이 있는 아빠입니다. 아빠는 나약한 어린아이에게는 가장 믿을 만한 사람이지 않겠습니까?

3) 신의 아들을 신으로 바꾼 사람

하늘의 진리체계를 Abba라고 불렀던 그 사람, 그 단순하면서도 가장 원초적인 힘을 지녔던 사람의 아들 예수는 사도 바울의 목숨까지 버리는 의지와 눈부신 연출에 힘입어 메시아에서 신의 아들로. 신의 아들에서 다시 신 그 자체가 됩니다. 이때부터 예수님의 주민등록번호와 증명사진은 레반트 나자렛의 그것에서 그리스를 거쳐 로마를 거쳐 훗날에는 유럽인의 그것으로 본격적으로 바뀌게 됩니다. 특히 증명사진은 여러 중세 르네상스 시대의 예술적 기술자들 탓에 완전히 라티니 이탈리아, 유러피안의 골족, 켈트족, 색슨족, 앵글로족의 얼굴로 변형되어집니다. 변형되었다는 것 자체를 나쁘게 볼 필요는 결코 없습니다.

지역화, 토착화의 신성 부여를 위한 필수불가의 기능적 구조과정입니다. 예수님은 우리의 박혁거세 운운 시대의 사람인데 박혁거세를 직접 그렸다거나 그 비디오를 남겨두었다는 사람을 저는 아직 만나보지 못했습니다. 어쩌면 저로서도 박혁거세로서도 참으로 다행스런 일이 아닐 수 없습니다. 체 게베라의 경우는 다릅니다.

예수님이나 세례 요한이나 사도 바울의 정확한 탄생년도를 알 수 있는 방법은 없습니다. 단지, 세 분은 실로 비슷한 나이, 동갑이거나 기껏해야 두세 살 차이였을 것이라 추정됩니다. 활동 기간은 요한이 가장 앞서며 다음이 예수님이며 마지막이 바울의 순입니다. 단순하고 간략한 언어의 사용, 파격적인 행동 등은 예수님과 요한이 비슷하고 원래 출신성분이 사제 집안이었다는 점과 박학다식, 교육적 스타일 측면에서는 요한과 바울이 비슷합니다. 물론 예수님의 박학과 다식에 문제가 있다는 것을 말하고자 함이 아닙니다. 그는 재즈연주자가 리듬으로 악보 없이 연주하듯 대화하고 즉흥적으로 명답을 제시했습니다. 누구보다도 뛰어난 소통의 달인이었습니다.

소년시절 사제들과의 논쟁 등의 기록이 아주 빈약한 자료로서 있긴 하나 예수님께서 정규적인 교육 시스템 속에서 교육을 받았다는 기록은 없습니다. 그런 것은 하등의 문제가 되지 않으며 때때로 세상적인 지식은 직관의 삶을 방해합니다. 예수교의 시발점답게 식識과 학學의 형태로 교세를 출발하지 않았습니다. 예수님에게는 요한과 바울이 결코 따라갈 수 없는 한 가지 엄청난 캐릭터가 존재했습니다.

요한이나 바울에 비해 신적神的Divine의 카리스마는 당연히 예수님이 압도적입니다. 니체는 예수의 그런 신적인 카리스마는 그의 백치미에서 나왔다고 표현했습니다. 이때의 백치는 바보라는 뜻이지만 결코 나쁜 의미가 아닙니다. 완전한 순수열정, 이것저것 따지지 않고 바로 실행에 옮기는 파격적인 실천력 이런 것을 의미합니다. 베드로를 비롯한 그의 첫 추종자들이 목수였던 그를 따라나선 점, 예수가 살아있을 당시는 무작정 따라다니거나, 이해를 잘 못하거나 심지어는 부인하고 모두 도망갔던 사람들이 예수가 죽은 후 에는 마치 엉덩이에 송곳이라고 찔린 얼룩말처럼 뛰면서 탄력 붙은 AMG벤츠 마냥 온 노력을 다해 목숨까지 바쳐가며 활동한 것을 보면 그걸 단순히 예수가 신의 아들이어서라고 해석하기보다는 실제로 인간 예수라는 사람이 가졌던 어떠한 카리스마를 실감해봅니다.

참조로 카리스마라는 말은 흔히 우리가 생각하는 권위, 막강한 느낌 그런 것이 아니라 원래 은혜나 은총이라는 그리스 어원語源 영어나 국제공용어이니 예수가 심히 카리스마적이다. 이 말도 아주 어긋난 말은 아닙니다. 이와 반대로 박학다식 다양한 언어의 사용자답게 바울은 고급언어를 사용해 장황하지만 세밀하게, 정교하지만 웅대하게 표현했고 이방 땅의 각 도처에서 줄기차게 유려한 문체의 편지들을 써 갔습니다.

레반트 문명 갈릴리 출신 예수 사상은 통합문명의 사유체계를 견지한 사도 바울을 통해 헬라적 진리체계와 결합하여 크리스트교의 종조 宗祖, 처음이자 마지막, 알파와 오메가가 되었고 바울이 바로 그 종교성립의 기획자라고 누차 말씀드렸습니다. 예수는 살아있는 동안, 어느 다른 교주들처럼 종교를 창시한 적이 없었고, 예수교는 예수 사후 제자들에 의해 예수님이 그리스도로 높임을 받은 후에 일어난 제자 사역들의 결과물입니다. 그러한 제자 사역에 관한 숱한 일화와 편지글들을 남긴 사도 바울은 예수가 예루살렘으로 기꺼이 입성하여 십자가에 매달렸듯이 박해로 가득 찬, 당시 크리스찬들에게는 죽음의 도시, 로마로 압송되어 목이 잘려 처형됩니다.[4]

초기 예수교의 기획자다운 죽음이었습니다. 피할 수가 없었을 것입니다. 로마에서 십자가에 거꾸로 매달려 못이 박히는 베드로의 죽음도 마찬가지입니다. 둘 다에게 그것은 피할 수도 없고, 피하고 싶지도 않은 사명이었습니다. 손톱 밑에 가시 하나 들어가도 눈물이 찔끔 나는데 자신의 목숨을 기꺼이 바친다는 것은, 생명작용을 온전히 포기할 정도로 어떤 사명에 매진한다는 것은 소름이 살짝 돋을 정도로 숭고한 것입니다.

2,000년이 지나 글을 적는 저에게 살 돋음(입모근 반사 작용)이라는 구

---

4 유대지역에서 체포되었으나 로마 시민권자였으므로 로마에서 형식상의 재판을 받음. 로마시민권자는 로마식민지의 이방 땅에서 이방의 법으로 사형되지 않았음.

체적인 현상을 일으킨다는 점, 그것이 바로 종교적인 어떤 인물들의 힘(기운 = 프뉴마), 다시 말해 그 가치를 인식하는 대상들에게 정신적, 신체적 현상을 반응케 하는 사상가들의 힘이 아닐까요?

3. 시몬 그대는 아는가? 훗날 세계 최고의 건축물에 그대의 반석이라는 이름이 붙게 됨을

1) 베드로의 가계와 가업

베드로[5]에 대해서도 살펴볼 것은 수없이 많으나 워낙 인구에 회자되는 인물이고, 베드로 전 후서에 통해서도 잘 알려진 인물이라 일반적인 내용은 가급적 줄이고 간과하고 있는 몇 가지 중요한 점만 소개하고자 합니다.

가령 어느 한 사람이 베드로에 대한 찬사로 100여권의 책을 썼다 한들 그 어느 누가 그것은 과한 일이야! 라고 할 수 있을 것입니까? 또 다른 어느 몽매견고한 사람이 말하길 나는 비종교인이어서, 비기독교인 이어서 그에 대한 책들 중 단 한 권도 읽을 필요가 없었다라는 식으로 자신의 무관심을 변명했다면, 그에 대꾸해서 어느 누가 과연 '응 그래 그럴만해.' 기독교인이 아니라면 '굳이 베드로는 읽을 필요가

---

5 '돌'이라는 뜻. 본명은 시몬, 사이몬='듣고 있다'라는 의미.

없지'라고 말할 수 있겠습니까? 종교를 떠나 기독교, 비非기독교인을 떠나 베드로라는 이 인물, 인류사 충직의 모범은 두고두고 칭송 되어져야 되고 또 회자되어져야합니다.

그가 갈릴리호수[6] 주변의 어부였다고 일반적으로 표현되나, 실제로 그는 그 지역에서 제법 규모 있는 어선단과 인부들을 거느린 수산업 집안 출신의 아들이었습니다. 본가는 물론 처가 식구들과 함께 큰집에서 살았으며 그 지역에선 제법 큰 식솔들을 거느린 집안인 셈입니다. 나중에 표현되지만 베드로는 가부장적인 성격이 있습니다. 미술가들의 그림에 그의 배가 작은 저수지 수준의 갈리리에 떠 있는 조각배처럼 흔히 묘사되어 있지만 위에서 밝힌 바대로 갈릴리는 바다 수준의, 가끔은 폭풍과 높은 파도도 이는 규모의 넓디 넓은 호수였습니다.

고기를 잡는 배와 그물을 버리고 그길로 예수를 따라 나섰다라고 기록되어 있습니다. 고기 잡는 사람(가업)에게 배와 그물이란 경제문제의 생산수단이며 생산도구입니다. 그리고 원래 배란 고정된 땅 위에서 화물이나 사람을 실어 나르는 수레와는 달리, 움직이거나 요동치는 유체 위에서 전후좌우의 균형과 복원력을 지닌 상태로, 화물의 무게를 감당해야 하며 아래나 옆으로부터의 완전한 방수도 이루어져야 하는 구조

---

6 사해호수와 달리 담수 호수. 가버나움, 나사렛, 막달라, 벳세다, 게네사렛 등 여러 도시가 이 호수를 중심으로 형성되어 있음. 부산광역시 면적 정도 크기라서 갈릴리 바다라고도 표현되기도 하는 큰 호수. 북부 산악지역 헤르몬 산에서 발원하여 레반트 지역의 수원이 되며, 사마리아지역을 서쪽에 두고 남으로 요단강을 따라서 남 유다 땅 사해로 흘러 들어감.

물입니다. 그래서 배는 '짓는다'라고 표현합니다.

지금도 20m짜리 자동차 트레일러를 사면 1~2억 정도면 충분하지만 같은 길이의 배를 건조하려면 거의 10배, 2~30억이 족히 듭니다. 예나 지금이나, 배 또는 선박은 수레나 마차보다 훨씬 고가의 장비입니다. 그걸 버리고 떠났다는 말은 가업을 포기하고 따라 나섰다는 말이지 무슨 취미 낚시, 레저 활동 삼아 나섰다가 배와 그물을 포기했다는 뜻이 결코 아닙니다. 싯다르타도 카필라 바스투의 왕이었던 아버지 숫도타나의 기대를 져 버리고 출가했습니다. 왕위라는 가업을 포기한 셈이지요.

같이 따라나선 안드레이는 바로 그 베드로의 친동생이었습니다.[7] 비슷한 즈음에 베드로와 마찬가지로 예수를 따라 나섰던 야고보와 요한도 더 큰 규모의 선주 집안 제데베의 아들들이었고 그 제데베의 아내 살로메는 나중 예수 골고다 처형의 마지막을 지킨 세 여인 중의 한 사람이었습니다.

---

7 기록에는 안드레이가 먼저 예수가 행한 일들을 보고 형에게 이야기했고, 베드로의 장모가 아프자 예수가 베드로의 집을 찾아옵니다. 장모라는 표현으로 보아 베드로는 이미 기혼상태로 추정됩니다.

2) 배 만드는 목수 아버지 요셉과 그 아들 목수 예수의 가계와 가업

베드로의 집안이 선주(당시는 모두 목선)여서 선박의 건조나 수리과정에서 대대로 목수일을 가업으로 했던 그 아버지 요셉과 요셉 사후 그 일을 생업으로 이어 받아야 했던 예수와는 자연스럽게 친분을 이루게 되었을 거라는 점을 간과해서는 안 됩니다.

갈릴리 호숫가 북부를 서북서에서 동북동으로 빙 둘러싸며 나사렛이 부산 송정, 가버나움이 해운대, 벳세다가 자갈치 이쯤의 거리로 인접해 있습니다. 그러니까 선주 집안의 아들들인 시몬, 안드레이, 야고보, 요한 이 4명이 예수와 우연히 만나서 우연히 사역 출발을 결정했던 것이 아니라, 같은 지역 유관업계에서 이미 서로를 인지하고 있었을 것입니다. 해양과 관계된 약간 특수학교를 나온 제가 울산에서 조선, 해운에 관계된 사람들을 자주 만나고 업무적으로 거래하며 살아온 것과 거의 똑같았을 것입니다.

세례요한이 주로 요단강이라는 지정된 공간에서 추종자들을 모이게 한 것과는 다르게, 예수는 자기 고향을 출발점으로 이곳저곳을 이동하며 사람들을 모았습니다. 그러니까 예수라는 인물의 공식 첫 추종자들이 바로 그의 목수일과 연관된 그 지역 출신의 목선 어선 선주들의 아들들 이었던 것입니다. 첫 추종자들이 요단강에서 예수를 본 후 그를 따라 나선 세례 요한의 두 제자였다는 기록도 있습니다. 이름이 정확하지 않은 걸로 보아 이후 행적이 미미했거나 아니면 세례 요한의 세력과 사상을 예수가 수렴했다 이 정도로 보여집니다.

목선 만들고 목선 수리하는 일보다, 정신적인 세계에 더 관심이 많았던 배 목수(하청업자)가 선주, 발주처 사장들의 아들들을 이끌고 나감으로써 그들은 그들 본연의 일, 목수 가업과 어업 가업 일들을 그만두게 된 것입니다. 어선업을 하던 요나의 아들 시몬, 시모느 바르 요한과 목수일을 하던 요셉의 아들 예수, 야수아 벤 요셉은 더 이상 어부와 목수로 불리지 않습니다.

그 부잣집 도련님들이 사람을 잡는 어부가 되거라라는 예수의 말을 듣고 험난한 여정의 예수 공생애에 모두 바로 따라 나섰다는 점은 많은 생각을 해보게 합니다.

3) 베드로라는 인물의 사람됨과 성향

공자의 제자 자로처럼 베드로는 우직 어눌한 말주변을 가진 사람으로서 꾀를 부리는 스타일이 아니었습니다. 베드로는 항상 통역을 썼습니다. 바울처럼 다국어 능통자도 아니며 요샛말로 가방끈은 좀 짧지만 순수하고 담백한 선주의 아들이었다고 보면 될듯합니다. 말주변이 어눌했다는 것은 결코 나쁜 의도의 표현이 아닙니다.

공자도 평생을 강조했습니다.

교언영색 선의인 巧言令色 鮮矣仁

말재주만 좋고 모양새가 빤질빤질한 사람치고 인仁한 이는 드물다.

그는 학문적, 논리적으로 미주알고주알 따지는 사람이 아니었습니다. 실감實感과 인仁의 인간, 다른 사람의 말을 단박하고 담백하게 받아들이며 귀를 기울이고 쉽게 동화同化될 수 있는 그런 순박한 가슴이 열려있는 사람 이었습니다. 어떤 고매하고 고상한 표현을 다 떠나서, 이런 성품 그 자체만으로도 베드로는 이미 참으로 훌륭한 분 같지 않습니까?

물론 가부장적인 우직함도 그의 인물됨에서 결코 빼놓을 수 없는 캐릭터입니다. 예수님이 지어준 이름이 '돌'입니다. 잘 지어주신 이름 같습니다. 그런 모습이 같은 성향 동질성 예수님의 눈에 들어 "너는 나의 돌이며 나는 그 돌 위에 나의 교회를 세울 터이다"라는 말을 처음으로 듣게 되었습니다. 베드로는 아람어 케파스Cephas 케바, 게바Kepha (=돌)의 헬라식 표현이며 라틴어는 페트라입니다. 예수님은 베드로의 그러한 담백하고 견고한 자질들이 훗날 추종집단의 리더쉽으로 크게 작용될 거라는 것을 단박에 알았던 것입니다. 예수님에게 그 시몬은 게바였습니다.

베드로가 게바의 헬라어 훗날 의역이므로 예수님은 실제로 그를 '베드로야~~!'라고 부른 적이 없었을 것입니다. 너는 나의 게바야 ! 저는 살짝 미소가 지어집니다. 예수님은 실제 아람어 사용자이니 게바야! (돌아!) ~~ 게바야! (돌아!)~~라고 불렀을 것입니다. 우리말 성경에서의 표현 '하노라, 하나니'처럼 둘이 3년 내내 항상 근엄하고 진지한 표현의 얘기만 했을까요? 저는 그렇게 보지 않습니다. 일상의 소통에서 그런 말투는 실제 불가능합니다. 경전형태 기록들이 가지는 표현일 뿐입니다.

"게바야~!!"

저는 자로를 항상 "유由(=자로의 어릴적 이름)야~!!"라고 불렀던 공자를 생각합니다.

"도불행 승부부우해 종아자 기유여 道不行 乘桴浮于海 從我者 其由與"
"세상이 참 어처구니 없이 돌아가고 있구나. 내가 말하는 道는 행해지지도 않고.
내가 혼자서 먼 바다 위를 뗏목 하나 타고 외롭게 둥둥 떠다닌다 할지라도 그때까지 나를 따라올 이는 오로지 由(=자로) 너 뿐일 것이다."

하나님을 그냥 아바Abba(=아버지, 아빠)라고 불렀던 예수님은 베드로를 '돌'이라고 불렀던 것입니다. 그에 대한 든든한 믿음과 친근한 사랑이 느껴집니다.

싯다르타도 그가 영산회상에서 꽃을 보이며 수법제자에게 수계할 때 조카였던 박학다문의 아난다(=아난)에게 하지 않고 우직했던 마하가사파(=대가섭)에게 전했습니다. 또 초기 공자의 유儒집단에서는 '자로'라는 인물이 공자를 모시는 그 유랑집단의 맏형 역할을 했던 것은 모두 일맥상통의 경우라 할 것입니다.

저는 자로에게서 베드로를, 베드로에게서 자로를 봅니다. 두 분은 정말 비슷한 점이 많습니다. 물론 베드로는 북부 유대인 계통이고 자로는 중국 한족 '변卞'이라는 지역 출신입니다. 민족의 말도 달랐고 머릿속 사유체계도 민족적, 역사적으로는 완전히 달랐던 사람입니다.

4) 쿠오바디스 도미노와 베드로의 죽음

베드로는 훗날 실제 기독교 공인 후 초대교황(=반석)으로 추존되었습니다. 어떤 의미로서는 예수의 말씀이 이루어진 것이지요. 로마에서의 선교로 목숨이 경각에 다다르자 훗날을 도모하자던 추종자들의 제안에 따라 로마를 벗어나려고 하다가 십자가를 지고 로마로 들어가는 예수의 모습을 보고 "쿠오바디스 도미노, 주여 어디로 가시나이까? 나는 네가 떠나려는 로마로 들어간다"라는 음성을 듣고 다시 로마로 들어가 결국 잡혀서 처형, 예수님은 머리를 하늘로 둔 자세로 십자가에 못 박혀 승천했지만 나 베드로는 그가 지어 주신 반석이라는 이름처럼 머리를 이 땅으로 향한 채 죽겠다고 하여 거꾸로 매달려 십자가에 못 박혀 죽었습니다.

무염과 석결의 칼에 목이 잘려나가는 순간, 목에 맺던 갓 끈이 떨어지자 관을 다시 고쳐 매며 "군자는 죽을 때도 관을 벗지 아니한다(君子死 冠不免)"라는 말을 남겼던 자로의 죽음도 이와 비슷합니다. 이는 어눌하지만 우직했던 인물들이 보여주는 전형적인 충직의 표상表象들입니다.

지금도 바티칸의 교황집무실에는 십자가에 거꾸로 못 박혀서 두 눈을 부릅뜨고 정면을 응시하고 있는 베드로의 그림이 걸려 있습니다. 후세 교황들 앞으로의 당신들 똑바로 충직하게 잘 하라는 훈도의 뜻이겠지요.

5) 베드로의 가업과 연관된 예수의 친척, 친형제들

그리고 베드로의 가업인 어업(= 선주 + 어업家係) 일과 연관되어, 예수님의 가족들(= 목수업 특히 배 만드는 목수) 얘기를 몇 가지 해볼까 합니다. 목수는 그리스어 Tekton에서 다시 라틴어로 Faber, 독일어 Zimmer-man, 영어의 Capenter로 번역됩니다. 물론 제가 이런 모든 언어에 해박한 사람은 아닙니다. 다만 나무를 다룬다는 면에서는 영어의 번역이 목수의 정서와 부합하고 그리스어 Tekton은 목재뿐만 아니라 철물, 석재 등도 다루는 사람이란 뜻도 있다 합니다. 라틴어와 독일어의 의미는 '무엇인가를 만드는 사람'이란 뜻입니다.

요셉과 마리아 사이에는 예수 포함 총 8명, 아들 다섯과 딸 셋의 남매가 있었다고 보여집니다. 헬라어 아델포이는 생물학적인 형제입니다. 예수님 시절과 가장 근접한 시점(=예수 사후 40년쯤)의 기록물인 플라비우스 요세푸스의 『유대사』에는 요셉과 마리아 사이의 자식, 즉 예수님의 형제가 기록되어져 있습니다. 당시의 기록자가 굳이, 아주 훗날 이후의 동방정교가 주장하는 마리아 평생 동정녀설을 부정하려고 이미 그때 그런 기록을 남겼을 것이라고는 보여지지 않습니다.

그는 기록하는 자처럼 역사적 기록물을 남긴 것이지 종교적 관점의 기록을 하지는 않았습니다. 심지어 예수를 현인으로 표현했던 점으로 보아 그가 의도적으로 마리아를 폄하했다고 볼 수도 없습니다. 사실 예수의 친형제자매 여부는 그 유무 논의 자체가 무의미하며 형제자매를 뒀다고 해서 신성과 인성을 구분 짓자는 의도도 의미가 없습니다.

예수님께서 보여주고 하셨던 행동이 이미 신성이지 그의 형제유무로 그의 신성했던 행적들이 폄하될 수는 없는 것입니다. 제가 바라보는 신성에 대한 확고한 신념이고 이 글을 적는 이유이기도 합니다. 예수가 신의 아들이라면 예수가 친형제가 있었다면 그렇다면 그의 형제들도 신의 자식이 아닌가?

이런 논의는 편 가르기를 좋아하는 유치한 신학자들의 편협성과 과장된 충성심에서 기인한 것이지 율법에 반대해 일어선 예수나 세례 요한의 사상을 이해하지 못한 발상일 뿐입니다.

기독교에서 특히 모든 개신교종파에서 어느 누가 하나님의 자식이 아닌 사람이 있습니까? 예수의 친형제자매는 성경에 한두 차례를 빼고는 의미론적으로나 역사적 인물로서 등장하지 않습니다. 교훈과 연관된 일화도 한 줄 기록되지 않았습니다. 친형제자매가 있었다 해도 그저 일반적인 2,000년 전 갈릴리 호수 근처에서 살았던 선남선녀 필부필부였을 것이라는 얘기입니다. 아버지 요셉도 성경에서 한두 번쯤, 마리아의 동정녀잉태설과 호적 신고 차 나자렛에서 베들레헴 장거리 이동설에 연관되어 잠시 등장하고 그 후 성경에서 나타나지 않습니다.

지금도 그러하듯 굵고 큰 나무들을 재료로 목선을 만드는 일은 힘든 노동과 위험한 상황이 수반되는 작업이었을 것입니다. 기계장비가 없던 시절 큰 나무를 베고 호숫가 조선 구역까지 이동시키고, 가장 큰 나무를 바닥용골로서 거치하고 늑골을 고정시키며 선측을 쌓아가거나 높은 돛 대(메인 마스터)를 수직으로 고정시킨 상태에서, 올라가면서 돛 대 부재를 수평으로 단단하게 고정시켜야 하는 그런 작업은, 같은 나무에 관한 일이라 할지라도 아름다운 목각 공예를 하는 일들과는 차원을 달리하는 일입니다.

현대화된 조선소일지라도 여전히 산재 사고가 가장 빈번히 발생하는 곳이 조선업계입니다. 출생 이후 예수의 유년, 소년, 청년 시절 등이 정경(성경)에는 거의 기록되어 있지 않아[8] 단정할 수 없지만 외경과 일부 자료에 남아있는 소년 시절에 대한 기록으로 보아 아버지 요셉은 예수가 15살쯤 되던 해에 돌아가신 걸로 보입니다. 요셉은 더 이상 어떠한 기록과 문헌에 본인의 개별적인 행적으로 등장하지 않습니다.

아버지가 일찍 돌아가셔서 예수는 가업과 대가족의 생계를 위해 목수 일을 승계했을 것입니다. 우리가 다들 공생애 전 그의 직업을 '목수'라 부르는 이유입니다. 당연히 예수는 한 동안 목수 일을 했을 것이고 우리는 그것을 신화적 낭만적으로 보지 말고 현실적으로 보아야 합니다. 당시 직업은 대부분 승계 가업이었습니다.

아버지를 일찍 여읜 장자 역할로서의 목수라고 표현해 보겠습니다. 종교적 논쟁을 해볼 생각은 일절 없습니다. 예수는 8남매의 둘째였다는 기록도 있습니다. 예수에게 형이 있었다는 기록은 논의에서 제외합니다. 이 논의는 무척이나 민감한 부분입니다. 동정녀 탄생설을 있게 한 기록에 어긋나기 때문입니다.

오래 전 구약의 예언서 '이사야' 메시아의 출현을 예언한 문구 "젊은 여자(=히브리어 알마 alma)가 아이를 낳을 것이니 그의 이름을 임마누엘이라 하라. 이는 야훼께서 그와 함께 하신다는 뜻이니라"라는 구

---

8 누가복음에 단 한 문구 정도 기록.

절이 나중에 젊은 여자의 Alma가 헬라어의 "처녀(=헬라어 파르테노스 partenos)가 아이를 낳을 것이니"로 번역됩니다. 우리가 잘 아는 파르테논 신전할 때 그 파르테노스입니다. 파르테논은 아테네를 모신 신전이고 아테네는 지혜와 전쟁, 처녀의 신입니다. 성적性的으로부터 완전히 독립된 순수 성적聖的인 존재의 상징입니다. 그리스 신화에서 아테네는 어떠한 성적性的 행위와도 무관하게 아버지인 신 중의 신 제우스의 머리를 뚫고 나와 탄생합니다.

이글의 첫머리 부분에 밝힌 번역이 가지는 힘이자 번역 그 자체의 문제이기도 합니다. 저는 결코 나쁘게 보지 않습니다. 번역은 어떤 지방에서는 없었던 종교적 개념, 가치를 더 좋게 더 풍부하게 재생산 할 수도 있습니다. 우리말 '孝'를 번역할 수 있는 영어의 명사는 없습니다. 길게 설명하는 형태로 효를 표현합니다. 어떤 책에는 기氣를 'Qui'나 'Ki', 효를 'Hyo' 이렇게 발음 그대로 표현합니다.

차라리 솔직한 표현일 수도 있습니다만 영어가 모국어인 사람에게 효라는 명사를 그냥 'Hyo'라고 하는 것보다 설명식으로 번역할 때 그것이 우리의 효가 가지는 의미의 100%는 아니더라도 전체적으로의 느낌은 그 번역된 효가 좀 더 값지게 이해될 수도 있을 겁니다. 암튼 이 동정녀 탄생설의 논의는 제외합니다. 알버트 슈바이처와 루돌프 불트만과 칼 야스퍼스 같은 신학자들이 주장한 상징성 신화로서의 신성함과 경건함으로 봐야 한다는 주장을 참고해 볼만 합니다. 동생들이 있었다는 것은 거의 확실합니다. 성경에도 기록되어 있습니다.

6) 목수 일을 버린 예수에 대한 혈족들의 비판

아버지 요셉이 죽은 후 어머니와 많은 동생들을 부양해야 함에도 가업을 버리고 공생애를 떠나버린 예수를 찾아온 마리아(마리암)와 형제들을 타박하는 예수의 모습이 분명 기록되어 있습니다. 예수는 말합니다.

"선지자는 많은 이방의 여러 사람들에게서 칭송받는다. 그러나 그의 고향과 친척 형제들에게는 그러하지 못하다."

공자도 고향 곡부에서는 어릴 적 출신 성분[9] 때문에 젊은 시절의 이름 공짱구(孔丘)였습니다. 공자는 고백합니다. 오구소천 吾丘少賤 : 나, 공구는 어릴 적 천민이었다.

가업과 가족을 버리고 고향을 떠나서 아픈 사람 병든 사람(심리적 병든 이)을 치료하는 일을 하기 시작한 예수를 두고 친척들이 말한 기록은 잠시 뒤에 적겠습니다만 예수의 첫 공생애는 일종의 의료행위로부터 시작되었다고 했습니다.

---

9 69세 숙량흘과 15세 巫女 안징재의 사이의 서자.

그의 첫 치료행위는 역시 갈리리 주변의 마을 가버나움[10]에서 마귀에 든 사람을 치료하는 일로 기록되어 있습니다. 일종의 퇴마의식의 퍼포먼스였습니다. 퇴마라는 단어는 뭔가 요즘 느낌으로는 조금 부정적이지만 '마귀야 물러가라'란 말의 중국식 한자가 바로 퇴마退魔입니다. 엑소시즘도 그리 유쾌한 단어는 아닙니다.

린다 블레어가 주연한 어릴 적 본 바로 그 영화 제목이 다들 떠오르기 때문입니다. "더러운 귀신아 당장 그 사람에게서 나오거라." 더러운 프뉴마(=Pneuma, 영혼, 정신)라고 기록되어 있는데 왜 '더러운 귀신아'라고 굳이 번역되어있는지 살짝 의문입니다. 모든 대립의 양상을 '선과 악'의 2원적 구조로 보는 종교적인 표현의 한계로 저는 봅니다. 2원론에 대해 잠시 저의 오랜 생각을 피력해 보겠습니다.

사실 절대적인 높고 낮음, 검고 희고, 빠르고 늦고, 푸르고 덜 푸르고, 많고 적고, 이런 모든 개념은 존재하지 않습니다. 비교적으로 높고, 비교적으로 빠르다는 것이지 뭐가 빠르다는 것일까요? 우사인 볼트가 빠르다 해도 저보다 빠를 뿐이고 치타보다는 늦습니다. 치타가 빠르다 해도 우리가 감지를 못할 뿐인 지구의 공전속도인 11만km/h에는 비교할 수도 없습니다. 그렇다면 지구의 공전속도는 빠른 것일까요?

---

10 나자렛과 가버나움은 울산과 기장 정도로 거리.

상대적인 개념이지 절대적인 빠르기가 될 수는 없는 것입니다. 회색은 검정보다는 희고 순백보다는 검을 뿐입니다. 대립개념인 선과 악도 마찬가지입니다. 절대선이나 절대악은 없습니다. 언어적인 개념일 뿐입니다.

그리고 도대체 귀신鬼神이라는 말의 사전적 의미나 실체적 의미가 무엇인지, 그것을 정확히 말할 수 있는 사람이 있을까요? 어느 시장상가 남루한 건물 옥상에 세워진 가게 형태의 절, 항마사의 법사라는 사람이 귀신을 설명한다면서 '이런 게 귀신입니다'라고 하면 제가 과연 '아~~그런 게 귀신이군요' 할까요?

각자 마다가 개별 의식존재인 인간의 심리에서 그 귀신이라는 정말 귀신 씨나락 까먹는 의미에 대해 저는 평생, 아니 26세 정도 이후로는 비교적 확연히 수월해 졌습니다. 수월이라는 표현은 귀신은 언어의 대상이고 의식의 대상이고 개개 관념세계, 즉 개인 체험세계의 대상일 뿐이라고 보는 자세를 가지게 되었다는 것입니다. 천국이나 극락, 피안의 세계가 통도 환타지아 같은 물리적 공간이 아닐 것이라고 보는 견해와 같은 맥락입니다.

잘 닦여진 길에 우마牛馬가 무거운 수레를 끌고 뙤약볕 한낮 그 길을 힘들게 올라가고 있으면 그 길은 잘 닦여진 길이 아니고, 어느 절벽 길도 없는 바위 돌 틈 사이에 난 넝쿨을 잡고 어느 원숭이가 잽싸게 신나게 올라가고 있다면 그 길은 잘 닦여진 길입니다.

야밤에 지하 창고 문을 열고 들어가 전등을 켜기 전 그 찰나의 두려움과 긴장감에 깜짝 놀라 어두운 창고 모퉁이에 세워둔 오래 방치된 검정색 골프백과 그 백의 열린 윗 지퍼 사이로 삐져나온 커버 씌워진 드라이버 헤드를 보고 그것을 귀신이라고 느꼈다면 그 골프백은 귀신인 거고 사람처럼 보였다가 나중에 골프백으로 보였다면 그 골프백은 원래 그 골프백인 것입니다. 실제로 저는 예전, 저의 회사 지하창고에서 이런 적이 있습니다.

원효는 유식사상唯識思想, 유식불교에서 그것을 용用이니 체體니 하는 개념언어들로 어렵지만 상세히 잘 설명해놓았습니다. 유식唯識은 '오로지 마음의 작용'이라는 뜻입니다. 해골 물바가지는 그런 유식사상의 단편을 보여주는 하나의 예일 뿐입니다 어려운 유식불교를 저자거리 대중들에게 쉽게 설명해 주고자 했던 민중불교 무애 사상의 소유자 원효의 하나의 방편이었던 것입니다. 원효는 대각大覺 후 실제 오랫동안 저자거리 생활을 했습니다. 저자거리 사람들이 원효의 저술 『대승기신론소별기』를 절대 문자로 이해할 수는 없습니다. 저자거리를 무시해서가 아닙니다. 일상에서 다루고 있는 문자의 급이 다르기 때문입니다. 특히 문자의 체계에서는 급이 다르면 쉽게 이해할 수가 없습니다. 저도 20년째 두고 읽고 또 읽고 있지만 여전히 난해합니다. 의식세계, 즉 그리스적으로 표현하면 형이상학의 가치를 언어로 표현했기 때문입니다.

해골 물바가지 사건은 그것이 진짜 발생했던 역사적 시간 속, 공간

속 상上의 사건인지 그것이 단지 설명의 한 예였을 뿐이었는지는 오로지 원효만이 알 뿐입니다. 개인 체험을 이야기한 것이기 때문에 더더욱 그러합니다. 하지만 아무튼 그 덕에 우리는 우리 한민족 대표 천재 설서당 원효의 유식사상 무애사상을 좀 더 쉽게 피부적으로 이해할 수 있었습니다. 유식唯識, 이 한마디를 두고 원효는 수 십 권의 책을 저술했습니다만 귀신鬼神, 유식唯識, 마음 등에 관해서는 이글에서 다루고자 하는 주제가 아니므로 이쯤에서 접겠습니다.

예수의 의료행위 '더러운 귀신아! 그 사람에게서 당장 나오거라'로 돌아가서 성경에 예수의 이런 활동을 전해들은 고향의 예수 친척들은 걱정과 우려의 의미로, 또는 몰이해의 의미로 '예수가 미쳤다'라고 했고, 이런 것을 두고, 위에서 말한 대로 '선지자는 고향에서 친척 가족들에게 칭송받지 못한다' 운운 얘기한 듯합니다.

7) 아들 예수를 찾아온 어머니 마리아와 형제들

어머니와 형제들이 걱정으로 예수를 찾아옵니다. 시대는 로마치하 율법의 시대. 민중운동, 선동, 퇴마 퍼포먼스 등 눈에 띄는 단체행동들이 자신의 아들에게 위험한 것임을 '어머니'라고 이름 붙여진 모성의 존재는 바로 직감합니다. 선지자와 선각자, 심지어는 독립운동가 가족들의 공통된 운명입니다.

퇴옹당 성철 스님. 속명 이영주의 어머니 강상봉은 산청 땅 제일 부농의 장남이 가업을 떠나 머리 깎고 스님이 되자 산청에서 강원도까지 금강산 마하연사로 물어물어 찾아 갑니다.[11] 아들을 집에 데리고 가거나 아들 얼굴 한번이라도 보려고 했겠지요. 아들도 압니다. 자신을 낳아준 인연, 그 어머니가 찾아왔음을. 하지만 어머니를 보거나 따라 가면 말짱 도루묵입니다. 출가송出家頌에서 밝힌 '초연독보고만진超然獨步古萬眞'(혼자 고고히 만고의 진리를 찾아 떠난다)고 했던 의지는 끝나버리게 되는 셈입니다.

아들 이영주는 절 뒤쪽, 길이 없는 산비탈로 도망치듯 숨어 버립니다. 다시 물어물어 찾아와서 산 밑에서 '영주야~~ 영주야~~'라고 자기 이름을 애타게 부르고 있는 낳아준 어머니에게 말없이 계속 돌을 던집니다. 보지 않을 것이고 볼 수도 없고 원대한 대오大悟의 포부를 이야기해 봐야 어머니의 정으로서는 이해될 수 있는 그런 차원이 아니니 그냥 가라는 소리지요. 눈물 나는 장면이지만 선각자들의 비애입니다.

싯다르타도 마찬가지입니다. '군중에 둘러 쌓여 (공생애를 시작한 예수의 가족과의 의도적 단절을 의미) 찾아온 마리아와 형제들이 예수에게 접근하지 못하자 사람을 불러 가족들이 왔으니 보게 하여 달라라고 청하였다.' 이를 전해 들은 예수가 '누가 나의 어머니이고 나의 형제라 하더냐! 내가 돌보아야 할 이들이 바로 나의 어머니이고 나의 형제들이니

---

11 경남 산청 대원사 → 경남 합천 해인사 → 강원도 금강산 마하연사.

라'라고 말합니다. 훗날의 전 인류에 대한 대속과 사랑 그 위대하고 창대한 대승적 형제애 앞에 사사로운 혈연적 걱정으로 찾아온 가족들을 타박하는 장면입니다.

예수님의 이런 가족들과의 의도적 단절을 길게 설명하는 이유는, 이것이 배와 그물을 버리고 가업과 가족을 버려야 했던 베드로에게도 똑같은 딜레마였을 거라는 이유에서입니다. 가족을 버린다는 것, 험난한 전도를 예상하면서 가족을 버린다는 것, 그것은 성자와 선각자 뭐 이런 고상한 이야기를 떠나서, 인간 한 개인으로서는 정말 가슴 아픈 경험이 아닐 수 없었을 것입니다. 저로서는 불가능한 일이고 닮을 수도 없는 일입니다. 그래서 저는 요 정도에서 살다가 요 정도로 죽어도 정말 군말이 없을 것입니다.

8) 방황하는 별들, 야고보의 어머니 살로메

현실적으로 사리에 맞게 솔직히 표현해볼까요? 갈릴리 바닷가 두 빵빵한 선주 집안의 네 아들들이 예수라는 목수를 따라 가출해 버렸습니다. 대대로 이어지는 당시 가업의 특성상, 가계의 수장, 선주 가문의 대장격인 그 애비되는 이가 봤을 때는 청년 예수는 뒤에 나온 개념인 새 세상, 하나님의 나라의 실현자는 고사하고 살짝 맛이 간 어린 사람일 뿐이었습니다.

예수? 누구? 아! 그 녀석! 우리 하청업체 목수 집 요셉의 아들 그 예수! 처음엔 뭐 다들 이런 식이었을 것입니다. 반복컨데 앞서 두 번이나 밝힌 '선지자는 고향에서 대접받지 못하나니'했던 예수의 표현 그 대목을 기억하십시오.

물질세계 방어진항 수협조합장 아들들이 배 수리하는 막간의 정신세계에서 노는 통찰력 그 자체인, 1,970년대까지는 울산 벽지였던 꽃바위 화암추 청년을 따라가 버렸습니다. 싯다르타의 제자가 된 귀족 수보리나 공자의 특급 애제자 호상豪商 자공[12]의 경우와 비슷합니다.

역사적 통계에는 이런 경우 즉, 통찰력을 지닌 가난한 리더와 그를 따르는 부자 제자들은 좋은 정신적 조합을 이룹니다. 그 반대는 주로 나쁜 조합이 됩니다. 제자들에 의해 정신적, 사상적 가치단체로서는 훗날 발전하지 못하게 됩니다.

아들들의 부모는 난리가 났습니다. 단 제데배의 아내, 야고보와 요한의 어머니 살로메는 달랐습니다. 그래 사내라면 비린내 나는 생선이나 잡고 팔고 이런 속물적인 생업에서 벗어나 큰 정신의 세계, 진정 큰 물에서 한번 놀아야지 이러한 견지를 소유한 보기 드문 여성이었습니다. 큰 절주변의 간간 통 큰 보살이라 불리는 여성들을 연상해 보십시오. 교회에서도 차라리 소명에 찬 여성신도들이 찌질한 남자들보다

---

12 자공은 간간 경제활동, 요즘으로 치면 일종의 무역업을 하긴 합니다.

는 더 정기적이거나 통큰 십일조를 봉납하는 사례를 허다히 봅니다.

살로메는 초기 예수 집단의 경제적 후원자 역할을 했을 가능성이 농후합니다. 살로메와 인편이 닿질 않거나 너무 먼 지역에서는, 예수 추종집단은 빈털터리 유랑집단 그 자체, 특히 가난하고 병들고 사회적 약자들이 주 구성원인 그 집단의 고생은 이루 말할 수 없었을 것입니다. 산상수훈, 오병이어의 기적 같은 것에서 그 규모와 상황을 짐작할 수 있습니다. 단체의 이동과 무엇을 먹이는 일 이것은 실로 엄청 수고로운 일입니다. 사실, 요즘 적게 몇몇 모여 작은 여행을 가더라도 남을 먹이거나 내가 먹거나 의식주 기본도구들을 챙겨 이동하는 것 어쩌면 그런 것 자체가 하루 종일의 일이 되기도 합니다.

5개의 빵 2마리의 생선으로 많은 군중들이 배불리. 이런 기록이 있지만 우리는 기록의 두 문구를 주목할 필요가 있습니다. 우리는 지금 마술사나 신비한 예능인 예수를 요청하지 않습니다. 그것은 어쩌면 유치한 요청입니다.

"하늘에서의 뜻이 이 땅에서도 이루어지이다"의 의미는 신의 아들인 예수가 손오공처럼 빵 몇 조각과 고기 몇 마리를 수백 수천으로 만들어 따라 나섰던 모든 사람들이 포만감을 느낄 정도로 잘 먹었다. 배부르네. 꺼억 트림이라도 할 정도로 먹었다에 있지 않습니다. 그때의 상황을 표현한 기록의 구절들을 다 적지는 않겠습니다.

두 표현이 나옵니다. 하나는 '앉았다'이고, 하나는 '나누어'라는 표현입니다. 장거리 이동을 동반한 고된 사역, 해는 지고 배는 고프고 인간의 본능 배고픔으로부터의 탈출, 무리는 많고 먹을 것은 부족하고. 오늘 저녁은 어떻게 먹지? 조금이라도 더 먹겠다는 본능이 꿈틀꿈틀 무리들은 아마 이런 상황이었을 것 같습니다. 이러한 어수선한 분위기에 '모두 앉아서'는 먹이를 찾아 욕심을 내며 누구는 뭐 좀 더 먹나? 이리저리 돌아다니지 않았다는 표현입니다.

'나누어'라는 문구도 등장합니다. 내가 조금 더 먹겠다는 배고픔의 날선 분위기를 내려 앉히고 작은 음식이지만 남녀노소, 이방인, 히브리인 가릴 것 없이 모두 나누어서 조금이라도 먹었다. 이런 표현으로 봅니다. 이런 상황이라면 배는 좀 고파도 만족감이나 서로에 대한 유대감, 사랑은 더 높아졌을 것 같습니다. "먹고도 남았다"라는 말은 서로 양보했다는 의미입니다.

하나님의 기적이었든 신비였든 저는 예수님에게서 마술이나 기적을 요구하지 않습니다. 그런 것들은 오히려 더 그를 몰이해의 대상으로 몰아넣을 수 있습니다. 위의 상황 '앉아서' '나누어' 그 정도만으로도 저는 이미 '이 땅에서도 이루어지이다'라는 그 의미를 충분히 실감할 수 있습니다.

이적이나 기적이 있어야만 신앙이 성립하는 것은 아닙니다. 원효의 해골 물바가지 사건을 이해는 방식과 똑같은 맥락입니다. 민중들에게 가장 설득력 있게 쉽게 이해되어지는 것은 바로 그러한 '기록의 양념'들입니다.

9) 바티칸의 별 반석 베드로가 된 시몬 베드로

"너는 고기(=생선) 말고 사람 잡는 어부가 되어라. 이에 베드로가 배를 버리고 곧 따라 나섰다." 곧, 바로, 즉시(=유튀스)라는 표현은 기록 특히 마가복음에 50차례 이상 등장합니다. 마가복음은 유튀스복음이라는 소리도 있습니다.

예수의 성령적 카리스마를 보여주기 위한 기술記述로서의 마가(=마가공동체)의 관용적 글쓰기 표현의 가장 큰 특징입니다만 '실제로' '바로' '팍' '곧바로' 이런 건 사실상 불가능합니다. 모든 것을 성령으로 했기 때문에 바로 즉시 팍, 유튀스 상태였다 이런 해석도 실은 식상한 이해의 접근이고 예수를 신화 속에 가두어버리는 해석입니다. 구약은 설사 그리 되어질 수 있다 하더라도 신약은 신화보다는 이 땅의 실제 역사가 되어야 합니다.

신화가 아닌 역사로 기술되어져도 예수님의 행적이라면 충분히 신이 되고도 남습니다. 신성이 신화로 치장되는 순간 저는 흥미를 잃어버리거나 실망합니다. 그런 신은 그리스 로마신화에 이미 경상도 말로 '천지 빼까리'이기 때문입니다. 신화 속의 신보다는 역사 속의 신, 저는 그런 예수가 좋습니다.

베드로는 심성이 착한 인간적인 고뇌의 상징입니다. 훗날 예수를 세 번이나 부인했다는 기록은 그가 때로는 인간적으로 고민하고 주저하고 실수했다는 것을 잘 보여주는 대목입니다. 이런 점이야말로 정말 감동적이라고 생각합니다. 베드로의 한계상황은 곧 우리의 한계상황, 현재 우리의 모습 그대로를 보여주기 때문입니다. 아무튼 베드로는 이러한 인간적인 한계상황을 스스로 극복하고, 가족들을 뒤로 한 채 예수의 공생애에 기꺼이 동참했습니다.

예수 재판 중 그를 세 번 부인하며 사라진 것을 제외하고는, 그는 내내 예수와 같이 고생하며 같이 걷고 같이 먹고, 같이 마시며 그의 곁을 떠나지 않았습니다.

베드로만큼 예수의 직접 육성을 가까이서 가장 많이 들었던 사람이 있을까요? 아마 제 짐작으로는 그가 어머니 마리아를 제외하고는, 예수의 실체로서의 본마음과 말(표현 언어)을 가장 잘 이해할 수 있었던 사람이 아니었을까 추측해봅니다.

직접 들었다는 것 그것은 무척 중요합니다. 아니 무척이라는 말로는 비교도 안될 정도로 중요합니다. 베드로 그는 모든 예수기록에 대한 이 글의 첫 부분에 언급되었던 "최초는 아닐지라도 최다의 성문청자聲聞聽者이고 목격시자目擊示者"입니다.

예수 사후에는 더 고행하며 그 마르고 거친 땅들을 따라 돌고 돌아서 결국 이방 땅 로마에서 처형되었지만 이 세상에서 가장 아름답고 경이로운 건축물 중의 하나가, 기독교, 비非기독교인을 떠나 모든 이들이 경탄해 마지않는 세계적인 그 건물이, 예수님께서 그에게 지어주신 바로 그 이름 그대로, 그가 죽었던 로마에서 바티칸성당, 세인트 피트, 상테 페트로, 상 피에르, 성 베드로 성당이란 여러 이름으로 존재한다는 점을 다시 한 번 염念해 보며 베드로에 대한 이해를 마칩니다.

여러 기록들은 신약 중의 그의 편지글인 베드로 전 후서에 상세히 나와 있으니 생략합니다. 이제 마지막으로 이 글쓰기의 최종 목적지이자 저의 최대관심사인 4복음서에 대한 이해를 밝히고자 합니다.

제3장 4대복음서

1. 복음서가 가장 많이 읽히는 이유?

Gospel이란? 유앙겔리온, 에반젤리온, Evangelion, 기쁜 소식이란? 새 소식 전령이란? 선교하겠다는 뜻인가? 어떤 이야기 New story를 한번 전해보겠다는 뜻인가? 옛날 스토리(=구약)도 모르는데 새 스토리라니?

4대복음서는 구약의 끝이자 신약의 시작입니다. 다시 말해 신약자체가 이 4기둥(=기초) 위에 서 있는 건물이라고 할 수 있습니다. 신약의 일부분인 여러 서신문들, 에베소서, 데살로니가전후서, 고린도전후서, 로마서, 베드로전후서, 요한서와 같은 편지글들은 4복음서와는 그 성격을 조금 달리합니다. 각각의 그 이름과 또는 연관된 지역명이 붙어 있는 그 편지글들은 직접 기록물일 가능성이 아주 농후합니다. 물론 쓰여질 당시 그 편지들이 원본 그대로 남아있다는 뜻은 아닙니다.

이에 비해 4대복음서는 그 장르를 완전히 달리합니다. 마가, 마태, 누가, 요한과 같이 저자로 보이는 이런 이름들이 복음서 앞에 엄연히 붙어 있지만, '성립되어졌다'라는 표현으로 함축드려 말씀드리겠습니다.

'복음서의 성립'은 제가 이 글을 쓰는 가장 큰 주제이기도 하며 이 글의 제일 마지막 부분에 살펴보는 이유는 누가 뭐래도 기독교에서는, 특히 개신교에서는 성경 중 어느 하나 귀중하지 않은 부분이 없겠지만 신약 첫 4편을 장식하는 4대복음서가 단연 꽃 중의 꽃이기 때문입니다. 예수 사후 복음서의 성립과정은 사도 바울과 베드로와 연관 되어질 수 밖에 없으며 헬라와 로마지역에서의 예수교의 전파, 크리스차니티 공동체의 성립 등은 모두 바울이나 그 추종자들의 설계로 이루어진 기획이었다고 이미 밝혔습니다.

콥틱어로 쓰여진 도마(토마스) 복음서가 이방사상, 영지주의Gnosis 사상의 문구들이 포함되었다 하여 정경의 복음서로서는 제외되긴 했지만 도마복음서 역시 충분히 심오하고 가치 있는 114句의 명료한 '가라사대' 문헌입니다. 전 내용이 장이 아닌 구句, 즉 생생한 말씀 자료들로 되어있습니다. 설명적이지 않습니다. 훗날의 편집이 최소화되어 있다는 뜻입니다. 대략 1,600년을 방해 받지 않고 잠자고 있다가 깨어난 것입니다.

1,945년 이집트 나그함마다에서 A.D. 340년경에 필사된 것으로 보여지는 완전한 사본이 발견되었는데 원본은 예수 사후 10~100년 사이에 지어진 것으로 추정합니다. 4복음서와 공통되는 어록자료들이 다수 포함되어 있습니다. 내용 중에는 예수가 본인을 그리스도에 비유하는 표현들이 거의 없고 '스스로의 자각하여 진리를 찾아', '스스로 성찰하여 성령을 보라' 등의 이러한 동양 사상들이 포함된 내용들이 많습니다. 결국 '하늘나라가 네 마음속에 있다' 이런 의미가 강조되어 있습니다.

이러한 인식론은 사도바울이나 베드로의 메시아적 그리스도관과는 완전히 다르기 때문에 외경外經Apocrypha로 분류될 수밖에 없었습니다. 하늘나라가 네 마음 속에 있다 이렇게 좋은 말인데 왜 외경으로 취급되냐고 한다면 각자의 마음 속, 이 말을 풀면 존재개개의 주체적 인식이 신에 우선 한다고 보여 질 수도 있기 때문입니다. 신이 실업자가 되는 것이지요.

4대복음서와 공통부분의 어록 자료들이 많다고는 하나 해석에 따라 신약 아니 성서 전체가 무너질 수도 있는 영지주의 인식론이 전체적으로 깔려 있어서 숨겨진 이란 의미를 갖는 아포크리파(Apocrypha, 외경)이 된 것입니다.

아포크리파는 캐논Cannon, 캐노니카, 바른 기준의 반대개념인데, 처음의 의미인 숨겨진, 숨겨놓은 이런 뜻에서 옳지 않는, 가짜의, 나쁜 이런 뜻으로 의미가 변했습니다. 저는 도마복음서(=Gaspel of Tomas)

를 서너 번 읽어 봤는데 그냥 보자말자 첫 느낌은 '어! 이거 상당히 동양적이군!' 이 느낌이었습니다.

중국불교 선종禪宗의 혜가, 승찬, 도신, 홍인, 혜능과 도덕경을 쓴 노자가 연상되었습니다. 노자의 도덕경 5,000글자를 모두 예수적으로 해석하면 도마복음서와 상당히 통해 있습니다. 다만 신약성서에서 빠져 있기 때문에 여기서는 더 이상 살펴봄을 건너뛰기로 합니다.

4대복음서로 돌아가서 마가, 마태, 누가, 요한 이 4대복음서의 성립과 더불어 예수교는 본격적으로 시작되었고, 이로 인해 예수교는 2,000년간 전 세계 인류의 반이 신봉하고 대부분의 유럽국을 포함한 미국, 남미, 대양주, 그리고 오늘날 동북아 우리나라에까지도 대세적인 종교가 되었습니다. 그동안 특히 1,900년간의 유럽에서의 기독교가 인류사 정치, 경제, 문화, 사회, 군사, 전쟁 등에 얼마나 많은 영향을 미쳤는지에 대해서는 굳이 다른 설명이 없을 정도입니다.

현재 유럽의 모든 박물관에서 그리스적인 것과 기독교적인 것을 다 빼고 나면 뭐가 남을까요? 텅 비어버린 그 넓은 박물관에서 아마 축구를 하거나 야구를 해도 될 정도일 것입니다. 그러한 예수기독교가 통하는 전 세계 국가에서 그 교회의 목회자들이, 그 교회의 공동체의 신앙인들이 가장 많이 읽고 암송하는 그 서편書篇이 바로 복음서인 것입니다.

비종교인이라 할지라도 복음서 한 구절을 모르는 지식인, 영화인, 소설가가 있을까요? 음악가 헨델은 유럽인이라면 누구나가 태어나서부터 식사하기 전 기도하고 학교에서 기도하고 잠자기 전 기도해서 익히 아는 내용인 복음서의 내용으로 오페라보다는 쉽고 대중적으로 접근이 용이한 오라토리오를 만들어 공전의 히트를 했습니다. 난해하고 고상한 세익스피어의 작품은 몰라도 예수이야기를 모르는 유럽인은 드물었습니다. 즉 복음서는 식사할 때의 접시나 포크처럼 대중들에게 늘상 가까이 있어 왔습니다.

왜 그랬을까요? 왜 그렇게 많이 암송되어지고 잘 기억되어지고 자면서까지 가까이 두고 싶은 서편들이었을까요? 여기에는 큰 비밀이 있습니다. 크지만 실제로는 아주 간단한 비밀입니다. 비밀의 이유는 바로 복음서는 재미있다는 것입니다.

성서가 무슨 재미냐고요? 라고 반문하는 사람도, 재미로 성서를 읽습니까? 라는 진중한 신학자분도 계시겠지만, 복음서가 왜 그렇게 동서양인 할 것 없이 전 세계인들이 좋아하는 영원한 베스트셀러가 되었던 이유는 그것이 재미있기 때문입니다. 복음서가 재미난 이유는 이 서물이 그리스 신화 같은 신화성과 힌두 바가바드기타 같은 뛰어난 문학성을 모두 갖춘 하나의 잘 짜여진 스토리라는 점입니다.

복음서들은 영화처럼 쓰여 졌습니다. 예수가 이야기하고 그의 말씀을 듣는 다양한 사람들이 등장합니다. 노자의 도덕경처럼 심오한 의미문자인 한자의 언어적 나열이 아닙니다. 주인공도 있고 조연도 있고 악당도 있고 배신자도 있고 의로운 자, 가여운 자도 있습니다. 예수라는 인물은 이들의 한가운데서 모든 사건들의 실마리이자 해결자로 등장합니다. 예수가 죽는 마지막 피날레는 과히 압권입니다. 그리고 그는 다시 부활합니다. 대규모의 장엄한 오페라가 끝나고 앵콜의 박수가 사방팔방에서 터져 나옵니다. 종교의 문제를 떠나서 종교의 인식 안에서나 밖에서나 그는 부활하지 않을 수 없습니다. 예수는 부활하여 신神이 되었습니다.

이야기 거리 로서 이보다 더한 흥미는 없습니다. 더군다나 이 스토리는 5,000년 역사의 구약시대와 머리와 꼬리가 물고 물리게 연결되어 있습니다. 완벽합니다. 초기 그 사건이 있었던 그 주변지역의 사람들부터 이방 땅의 사람들에 이르기까지 이 스토리를 읽는 사람이 없었다면 그것이 더 이상할 지경입니다.

"성모께서 내게 다가와 말씀하셨지(Mother Mary comes to me) 어떤 지혜를 소리를. 그대로 둬라"(Speaking of wisdom, Let it be)

존재가 원래 Be한 그 상태를 자연이라고 하고 중용에서는 성性(=心+生)이라고 합니다. 석유에 식용 방향족芳香族 바닐라 향을 추출하는 것은 Let it be가 아닙니다. 우리가 즐기는 아이스크림의 바닐라 향은 모두 식용방향족 인공향입니다. 폴 메카트니의 'Let It Be'는 지금도 전 세계 각국방송국의 음악프로그램이나 드라마 장면에서 24시간 안에

총 1만회 정도 연주된다고 합니다. 저작권료는 상상을 불허합니다. 기타를 못 치는 제가 그나마 하수로서 악보없이 연주할 수 있는 유일한 곡이기도 합니다.

재미있고 좋은 것은 두고두고 읽혀지거나 들려지게 됩니다. 복음서 가스펠의 시작입니다.

2. 복음서의 의미는?

한국말로 복음서, 가스펠, 복음의 시작, 기쁜 소식, 새로운 소식, 새 세상의 이야기 전달. 이 말이 결국 무엇이겠습니까? 이와 대비되는 무언가의 헌 세상, 헌 이야기들이 있어 왔다는 뜻입니다.

제가 앞서 장황에게 구약과 유대민족의 역사에 대해 쓰게 된 이유를 밝혔듯이 구약은 전체적인 그림이 어둡습니다. 창세기부터 그 이후의 구약을 표현한 모든 화가들은 대부분 짙고 어두운 회색톤을 많이 사용했습니다.

헌 시대 구약, 야훼의 어둡고 배타적인 면이 선택된 유대민족의 특수계층 사람들에게 편협하게 해석되어진 부정적인 면들을 예수는 통렬히 갈아 엎어버리고 등장한 인물입니다.

새로운 계약은 헌 약속의 파기를 의미합니다. 그러나 신약을 있게 한 초기 기록자들은 그렇게 하지 못했습니다. 그 이유는 예수 사후 초기 예수교집단의 기쁜 새 소식 전달자와 선교대상자들은 그 대부분이 유대교에서 개종한(개종하려는) 기존 유대인들 이였기 때문입니다.

아무리 유대율법주의에 반대해서 예수사상 추종자가 되었다할지라도 그들에겐 손바닥 지문과도 같이, 5,000년을 이어온 그들만의 독특한 히브리DNA가 흐르고 있었습니다. 체형도 미국인, 얼굴도 미국인처럼 변해버린 박찬호가 MLB시합을 앞두고는 그 전날 저녁 꼭 쌀밥에 찐한 향의 된장찌개를 푸지게 먹어야 담날 야구를 잘 할 수 있었다는 본인의 회상과 그 맥락이 비슷합니다. 흰쌀밥과 된장찌개가 미국 선수가 먹는 어떤 특정음식에 비해 영양성분이 탁월해서라는 그런 의미가 아닙니다. 쭉 해온 어떤 관습, 전통, 자기만의 방법 그런 것들은 하루 아침에 머리 염색하고 파마하듯이 쌍꺼풀 수술했다고 딴사람이 된 양 할 수 있는 성질의 것이 아니었습니다.

불교와 귀족 중심 정치체제였던 고려가 멸망했다 해도, 상대적 새시대 유교국가인 조선의 새 언어 한글의 실험에서도 『석보상절』 같은 불교 관련 출판이 빠질 수는 없었습니다. 체제는 바뀌었지만 당시 민중들의 대세적인 정서는 유교보다는 불교 쪽에 훨씬 더 깊이 뿌리박혀 있었습니다.

가령 지금 저희 집 앞의 남외 초등학교가 훗날 어느 시점에 새로이

지어진다 해도 그 자리 위에 지어질 거라면 기초토목이나 운동장 등은 그대로 수용한 채 새로운 건물을 올리는 편이 낫습니다. 신약을 성립시킨 초기기록자들(기록자 개인 또는 기록공동체)은 이 방법을 택했던 것입니다. 신약의 첫 편을 장식하는 마태복음의 첫 구절에 아브라함이 이삭을 낳고 이삭이 야곱을 낳고 등등 구약의 역대 조상들을 언급하며 연결고리를 이어 나가려는 집필을 시도한 점만 봐도 이것은 매우 중요한 관점입니다.

3. 최초의 복음서

대부분의 종교학자들이 익히 알고 있고, 신학자들도 인정하듯이 첫 편을 장식하는 마태복음은 마가복음보다는 조금 늦게 성립되어진 것이 확실합니다. 그런데 왜 첫 편에 배치하여 신약의 관冠을 부여하였을까요? 이에 답하기 위해 각 최초의 완본 텍스트복음서와 그 복음서를 있게 한 단편일부 혹은 파편 자료에 관한 개략부터 살펴보겠습니다.

지금 우리가 읽는 책 『플라톤』은 플라톤이 살았던 시대, 2,400년 전으로부터 1,300년이 지나 8세기가 되어서야 비로소 완벽한 하나의 완성된 텍스트로서 나타나게 됩니다. 신약성서의 경우 완벽한 전본 텍스트로서는 4세기 경, 그러니까 예수 사후 300년쯤이 지나서 만들어진 것이 최고본崔古本입니다. 요즘은 탄소동위원소연대측정이라는 방식이 있어 동위원소의 반감기를 추산하면 그 당시 그 재료에 대한 연대를 측정할 수가 있습니다.

플라톤 같은 일반철학 서적에 비해서 4세기나 빠르게 정립되었다는 것은 거의 모든 종교적인 책들의 성립이 보여주는 특징들입니다. 플라톤이 종교적인 가치로 인식되었다면 훨씬 더 빨라졌을 것입니다. 종교나 신앙보다 사람들의 노력을 열성적으로 만드는 것은 드뭅니다. 단편들 가운데 남아있는 필사본은 현재 제네바에 보관 중인 '파피루스 보드머2'가 있는데 이는 200년경의 것으로 추정됩니다. 요한복음의 2/3 정도의 내용이 담겨 있고 요한복음이 성립되었을 것이라고 추정되는 연대보다 약 120여년 후에 필사된 것으로 보입니다.

이 보다 더 오래된 파피루스도 있는데 현재 멘체스터에 보관 중인 '파피루스 라일랜드457'이 바로 그것으로, 6cm x 8cm 정도의 크기에 요한복음의 극히 일부분, 예수 수난 부분의 몇 구절이 남아있을 뿐입니다.

130년대의 필사자료로서 요한복음 원본의 추정 성립 시기보다는 고작 50년 후, 그러니까 아버지 → 아들 → 손자 세대의 시간차 밖에 나지 않는 것입니다. 제가 1,896년생 저의 할머니의 목소리와 모습 등을 온전히 생생하게 다 기억하고 있고 그 분과 같이 찍은 제 사진이 있는 것에 비유해본다면 그 50년의 차이는 정말 무척이나 근접한 시간 차이일 뿐입니다.

요한복음을 성립시켰다고 보는 그 요한이나 공동체의 바로 그 사람들로부터 직접적인 영향을 받은 사람이 직접 필사했다고 또는 그 사람의 요구를 받은 필사자가 적었다고 볼 수 있습니다. 50년 차는 고문헌의 역사에서는 오늘 새벽과 오늘 아침의 차이에 지나지 않습니다. 예수님이 돌아가신지 고작 100년 후에 적어진 그의 수난에 관한 직접 기록물이라니! 정말 심장이 요동치지 않습니까?

물론 저는 이 자료들을 직접 보지는 못하였습니다. 아마 제가 전문 신학자였거나 종교학과 교수였다면 제 성격상 열일 제쳐두고 이것을 보러 맨체스터로 나섰을 것입니다. 저는 시공사 디스커버리의 자료에서 겨우 그 사진만 보았을 뿐입니다. 사진만 봤을 뿐인데도 어떤 경외감이 들었습니다.

안타깝게도 이 가장 오래된 자료는 엽서 반장 크기 정도의 분량만 겨우 남아 있습니다. 원래 파피루스라는 것은 고대 이집트 때부터 사용한 필사재료로서 채륜의 종이보다는 훨씬 저품질의 종이입니다.

갈대의 부드러운 부분을 잘라서 가로세로로 교차시킨 후 압착시켜 만든 탓에 습기나 곰팡이 벌레 등의 작용에 취약하고 아무리 좋은 재료로 만들어진 잉크로 필사한다고 해도 공기나 직사광선에 노출되면 금방 색이 바래져 버립니다 요즘도 양질의 A4용지에 유성잉크성분 볼펜으로 썼다할지라도 한 10년이 지나서 그 글쓴 흔적들을 보면 종이색깔이나 잉크색이 많이 변해 있는 것을 확인할 수 있습니다. 공기 중

산소와의 화학반응, 직사광선의 파동에너지에 의한 충돌반응은 종이재료 위의 잉크입자에게는 그 섬유질 안에 스며든 상태를 흩날려 버리는 작용을 하게 됩니다. 수천 년을 원래 그대로 남아 있기는 거의 불가능합니다.

그 수많았을 것으로 예상되는 고대 이집트 문명 기록 자료들은 대부분 파피루스에 쓰인 탓에 거의 다 사라져 버렸고, 점토판이나 돌에 음각한 일부 내용만 남아있다는 것은 어쩌면 지극히 당연한 일일 것입니다.

여담으로 나폴레옹이 이집트 원정 중 로제타라는 곳에서 진지를 구축할 때 발견된 로제타스톤에는 똑같은 내용이 당시 이집트의 상형성각문자1단과 이집트민중문자2단과 고대헬라어3단으로 표시되어있었습니다. 이런 건 정말 기적과 같은 발견입니다. 난해한 기호나 상형 같은 성각문자가 비로소 해독되는 순간인 것이죠. 이 발견 이전까지 이집트성각문자는 해독불가의 것이었습니다. 해독불가는 수많은 미스터리와 외계인 문자라는 등의 비합리적 사이비似而非 정보를 양산합니다. 고대이집트 민중문자도 성각문자정도는 아니었지만 난해였는데 이 모든 것이 동시에 해독되어 버렸습니다. 바로 단단한 현무암 3단 밑에 고대헬라어가 같이 음각되어 있었기 때문입니다.

군인이기 이전에 상당한 수준의 고급 지식인이었던 나폴레옹은 이 돌에 새겨진 내용을 일일이 자세히 다 알 수는 없었지만 실로 엄청난 것임을 직감합니다. 바로 프랑스로 보내려고 했지만 육로이동은 불가하고 배로 실어 보낼 수밖에 없었는데 영국과의 아부카드만해전에서의 패전으로 이집트원정은 실패로 끝나게 되며 프랑스군 포로들을 풀어준다는 조건으로 영국군에게 빼앗겨 버립니다. 이 사건 전에 나폴레옹은 혼자서 이집트를 탈출해 파리로 귀환해 쿠데타를 통해 의회를 해산하고 통령정부를 수립했습니다. 그리하여 그 기념비적인 큰 돌은 영국의 전리품이 되었고, 지금은 영국의 대영제국박물관에 '로제타스톤'이란 이름으로 전시 중입니다.

최고본 복음서 자료로 얘기로 돌아와서 파피루스에 쓰여진 이 두 자료는 보존상태가 나쁘고 분량 또한 적다는 요소가 있으나 가장 오래된 기록 자료라는 점에서는 매우 중요합니다. 이 자료 이후로 쓰여진 것으로서, 부분적 내용이나 거의 모든 내용을 담고 있는 필사본들은 지중해지역, 유럽지역 도처에 5,000여 개나 존재한다고 합니다.

신약성경 전 내용을 모두 다 담고있는 완벽한 단일텍스트로 남아있는 것은 4세기의 필사본 두 편이 가장 주목할 만합니다. 하나는 바티칸박물관에 보관 중인 '바티카누스'이고 또 하나는 런던 대영박물관에 보관 중인 '시나이티쿠스'입니다. 이 두 편에는 현재 우리가 읽을 수 있는 신약의 전 내용이 고스란히 다 포함되어 있으나 최고본 이후 부분 내용, 기타 대부분 내용을 담고 있는 5,000여 여러 자료들과는 100% 전적으로 기술방법, 표현, 단어 등이 동일하다고 볼 수는 없다고 합니다. 의아해하거나 아쉬워할 필요도 없이 너무나도 당연한 일이라고 저는 생각합니다.

에덴동산의 문이 동쪽 개념에 있다느니 서쪽 개념에 있다느니. 야훼가 창조한 것이 아니라면 악마는 타락한 천사로 부터 기원 되었을 것이라느니. 구약으로 본 천지창조가 6,000년 전이라느니 7,000년 전이라느니 이런 말장난 같은 식의 정말 저에게는 무의미한 선무당 널뛰는 같은 논쟁을 하느니 그런 5,000여 자료의 성립과정, 공통점, 차이점 이런 것 하나 딱 정리해주는 신학자분들이 많이 계셨으면 합니다. 물론 모든 신학자분들이 위에서 말한 부질없는 그런 논쟁만 하고 계시다는 말은 아닙니다. 불가에서도 마찬가지입니다, 훌륭하고 고매한 분들도 많이 계시는 반면 격格과 질質을 달리하는 기본적인 인문적, 이성적 소양이 부족한 자들도 부지기수입니다.

이전의 여러 자료들과 100% 일치하지 않는다고는 하나 지금껏 발견된 현존하는 숫내용 단일 텍스트로서는 가장 오래된 것으로 보아 이후의 모든 신약성서 특히 복음서의 판본들에게 지대한 영향을 미쳤을 것이라고 추론이 가능합니다.

시조새 이전에도 분명 시조새를 있게 한 시조새가 있었겠지만 우리가 흔히 표현하는 어감의 시조새. 바로 신약의 시조새가 바로 이 '바티카누스'와 '시나이티쿠스'입니다.

4. 사대복음서의 성립과정, 복음서의 공통점과 차이점

1) 복음서의 성립과정

신약의 배치와는 다르게 4대복음서는 마가, 마태, 누가, 요한복음의 순으로 쓰여 졌다고 봅니다. 우선 마가복음서에서부터 요한복음서까지 복음서 앞에 붙은 그 이름들은 특정 개인일 수도 있고 그 사람 이름을 딴 공동체일 수도 있습니다. 당시 상황에서 자료수집, 집필, 서적으로의 완성 이러한 출판 작업은 분명 호락호락한 일이 아니었을 것입니다.

지금 제가 이 글을 쓰고 있는 것과 같이 어느 잘 만들어진 유명제품의 문서작성기 자판을 혼자서 두들겨가며 쓰고 고기능 고품질의 프린터에 연결한 후 규격화된 양질의 종이 위에 Enter 버튼 하나 툭 치는 걸로 손쉽게 출력하는 방식과는 아주 거리가 먼, 혼자서는 할 수 없는 공동의 기획 작업이었을 것입니다.

공동체의 기획 작업이라고 표현한 이유는? 지금은 A4용지 한 장이면 200자 원고지 서너 장 분량의 문자정보를 기록할 수 있겠지만 파피루스나 양피지에 그것을 일일이 필사하는 작업은 분명 지금의 그것과는 사뭇 달랐을 것이라고 생각하는 것이 상식입니다. 특히나 양피지는 양의 가죽 중 부드러운 부분을 취하여 숱한 무두질로 얇게 만든 후 다시 말리고 약품 처리하여 부드럽게 한 후 다시 압착하고 이런 작업들을 무수히 반복하면 할수록 더 고급양피지가 되는 그런 재료였습니다.

하나 만드는 데도 여러 과정의 무두질과 수만 번의 방망이 다듬이질이 필요했습니다. 당시의 각 지역의 화폐가치는 몰라서 정확히는 알 수 없으나, 아마 모르긴 몰라도 잘 마련되어진 양피지 한 두루마리면 흔히 우리네 상투적인 표현으로 쌀 서너 가마 값은 족히 되었을 겁니다. 양 한 마리에서 머리, 꼬리, 네 다리를 제외한 부분에서 취할 수 있는 양피지 양은 요즘 A4 5~6장 정도의 분량밖에 안되므로 분명 고가품이었을 것입니다. 지금도 가죽 제품이 비싼 이유는 그 재료의 처리함에서부터 재료로 완성될 때까지 손이 많이 가는 제품이기 때문입니다.

중세까지도 출판 작업은 주교가 머무는 교회 규모나 대규모 장원을 소유한 작위를 받은 영주가 후원하지 않으면 할 수 없는 작업이었습니다. 예를 들어 빵집 주인 마가, 목수 마태, 어부 루가, 방앗간집 요한 개인이 혼자 하기에는 힘든 작업이라는 얘기입니다. 실제 복음서의 저자로 짐작되는 마가는 베드로의 추종자, 마태는 세리, 루가는 의료업 종사자로 추정됩니다.

심한 비약이지만 고려대장경사업이나 용비어천가 이런 것도 일종의 출판 작업이며, 그것이 1,000년 전과 600년 전의 사건이라 비교한다면 거의 2,000년 전의 시대에 출판 작업은 그리 만만한 일들이 아니었을 것입니다. 물론 지금은 충분히 혼자서도 가능합니다. 저 같은 사람도 지금 쓰고 있으니까요. 쓴 글 e메일로 보내서 같이 교정하고 참고자료나 사진, 그림, 지도 추가하여 배치하고, 크기를 확정하고 인쇄하고 제본해서 저작권 등록하면 그게 바로 출판입니다. 아무튼 마가복음서를 쓴 마가나 마가공동체는 1,900년 전에 이런 출판 작업을 했던 것입니다.

이제부터는 마가공동체와 같은 표현은 사용치 않습니다. 마태, 루가, 요한복음서의 경우도 마찬가지로 특정 개인 혹은 공동체, 그 두 의미를 모두 포함합니다.

2) 마가복음 · 카타 마르콘(Gospel of Mark)

아바(아버지)라는 지역어인 아람어가 사용된 점, 기술된 헬라어가 능숙하지 않다는 점, 예수를 직접 본적이 없듯이 기술된 점, 베드로에게 영향을 많이 받은 듯한 표현 등으로 보아 마가복음을 쓴 마가는 예수 사후 추종집단의 유대인으로 베드로를 따라 나선 사람이었을 것으로 추정됩니다. 또 지명 등에 라틴어가 혼용되어 있다는 점과 내용 중에 여러 지역어가 혼용되어 있다는 점을 들어, 지역어인 아람어 이외의 국제어인 좁게는 히브리어, 넓게는 헬라어 라틴어에 서툴렀던 베드로의 통역으로 베드로의 여정을 따라 이동했을 것으로 봅니다. 베드로의 사역 여정으로 미루어 로마나 로마 인근의 이방 땅에서 쓰여 졌을 걸로 보여 집니다만 역시나 이것도 똑 부러지는 정답은 없습니다.

아무튼 마가복음을 쓴 마가는 탁월했습니다. 복음서라는 새로운 장르를 탄생시켰습니다. 한 편의 영화를 보는 듯합니다. 첫머리에 이미 시원하게 딱 밝혀 버립니다. 마가복음의 첫머리는 이렇게 기술되어 있습니다.

구약 야훼의 말도 아니고 예언자 엘리아의 말도 아니고 예수의 말도 아닌 쓴 사람, 본인의 記述입니다. 누가 뭐래도 자기는 그렇게 본다라는 뜻입니다. 만약 마가가 베드로의 제자라면 참 베드로의 제자다운 표현입니다.

"하나님의 아들, 예수 그리스도 복음의 시작"

이 표현은 바로 '듣는 사람들! 읽는 사람들! 잘 듣고 잘 보세요. 주인공은 하나님의 아들이고, 소명(배역)은 그리스도이며, 출연자의 이름은 예수인데 이 사람 예수의 이야기가 바로 새로운 소식을 알리는 시작입니다. 자 ~기대하세요 ~~짠~~!' 이런 뜻입니다.

등장인물, 주제와 방향 그리고 영화의 시작에 대해 마가는 시원하게 밝힙니다. 영화를 만든 의도를 솔직히 다 드러냅니다. 영화의 반은 이미 다 본 셈입니다. 주제를 증명할 사건들만 기술하면 됩니다. 새 장르를 처음으로 만든 탓에 살짝 투박합니다.

마가복음은 다른 복음서에 비해 상대적으로 분량도 적고 기술방식

도 세련되게 다듬어지지 못했습니다만 이런 걸 두고 그 평가를 절하해
서는 결코 안 됩니다. 그 반대로 이런 특징이야말로 마가복음이 다른
복음서에 비해 먼저 쓰여졌다 하는 근거가 될 수 있다고들 합니다. 동
의할만합니다. 다듬어질수록, 고급언어로 현란하게 기술될수록(=누가
복음), 표현이 궁극적이고 철학적일수록(=요한복음) 나중에 성립되어진
것으로 보는 것이 합당합니다.

예수라는 인물의 그리스도 됨을 증빙하는 마가복음에는 구약의 내
용과 예수의 공생애 이전 시절의 얘기는 일절 없습니다. 증빙의 자료
로서 예수의 공생애, 30~33살, 약 3~4년간의 사건들을 문학적으로 기
술했습니다. 갈릴리에서 예루살렘까지 그리고 골고다에서의 처형까지
예수의 여정을 따라갑니다. 카메라를 들고 예수를 따라 가며 매 장면
을 찍듯이 기술됩니다. 시간차 편집도 거의 없습니다. 긴장감과 호기
심, 다음 장면 등에 대한 기대 이런 것들이 고조됩니다. 영화를 좋아하
거나 조금이라도 영화에 대해서 아는 사람이라면 마가의 의도를 쉽게
파악할 수 있습니다.

예수의 공생애 중 예수에 대한 민중들의 반응에 '보라 이 사람은 도
대체 누구인가?'라는 질문을 먼저 던져놓고 나중에 골고다에서 처형당
한 후 로마 백인부장이 그에 답을 하는 기술방식을 취합니다. 고개가
절로 끄덕거려집니다. 유대인 영화감독 스티븐 스필버그나 위쇼스키
형제가 따로 없습니다. 스토리 텔러로서 과연 최고입니다.

'그는 정령 하나님의 아들이었다!'

제가 어릴 적 좋아했던 피터 포크의 '형사 콜롬보' 영화시리즈 한 편을 보는 것 같습니다. 피터 포크 이분도 유대인입니다. 사실 미국의 메이저 탑10 금융, 증권, 언론, 석유, 영화사 모두 유대인들이 장악하고 있습니다. 미국의 재무장관과 연방 준비은행의 의장은 지난 50년간 요지부동 유대인입니다. J.P모건, 모건 스텐리, 스탠다드 & 푸어스, S&P는 회사 설립부터 사명 그 자체가 유대계이거나 그들의 출자회사입니다. 이와 마찬가지로 막대한 자금이 투입되는 헐리우드 영화산업의 거의 모든 자본은 유대계 자본입니다. 파라마운트, 워너 브라더스, 콜롬비아, MGM, 월트 디즈니, 21세기 폭스 등 이름만 들어도 쟁쟁한 영화사는 모두 정말 하나도 빠짐없이 모두 유대인 소유회사입니다. 이들 회사는 무조건 1년에 한번은 나찌 관련이나 홀로고스트관련 영화를 만들어야하고 쉰들러 리스트가 오스카상을 휩쓰는 것은 우연이 아닙니다. 벤허, 십계 등과 같은 영화도 마찬가지입니다. 투자자, 시나리오작가, 감독, 배우, 스텝, 배급사 이 모두가 유대인들과 떼려야 뗄 수 없는 사람들로 구성되어 있습니다. 영화 졸업을 예를 들면 주연배우 더스틴 호프만도 유대인이고 극 중 그의 이름 벤자민은 유대12지파의 하나입니다. The Sound of silence, Mrs. Robison, Scarborough fair 등 영화에 나오는 10곡이 넘는 모든 삽입곡을 작곡한 폴 사이먼과 아트 가펑클도 유대인입니다. 미국 영화업계는 이렇게 유대인과 깊게 연관되어 있습니다.

요즘도 어떤 케이블 방송에서 가끔 본 적이 있습니다. 형사 콜롬보에는 물고 물리는 맛이 있습니다. 같은 제목으로 십수 년간 방영되었던 이 영화시리즈물의 변하지 않는 특이한 방식은 처음에 이미 범인과 범죄현장을 다 보여주고 콜롬보가 그것을 어떻게 증명하는지를 보여준다는 것입니다. 나중에 범인이 누구인지를 밝혀내는 전개방식이 아니라는 뜻입니다. 범인은 이미 확정되어있고 그것을 증빙해가는 구도입니다.

마가복음도 마찬가지입니다. 그리스도는 정해져 있습니다. 예수라는 사람이며 하나님의 아들입니다. 마가는 그것만 증빙만 하면 되는 것입니다. 이방인인 로마 백인부장을 등장시킵니다. 백인부장, 백부장이 말은 참 잘 쓰지 않는 말입니다. 그래서 저도 그냥 로마 백부장, 백부장 이렇게 관용적으로 습관적으로만 알고 있었던 번역상의 이질감이 물씬 나는 표현입니다만 다르게 표현 하려고 해도 딱히 다른 단어도 사실은 없습니다. 백인부장? 얼굴이 희다는 뜻인가? 백부장? 이름이나 성姓씨가 백인가?

계급단위, 100명 군인 규모의 통솔자로서 요즘 치안개념으로 보자면 경찰경감, 수비군으로 보자면 대대장 중령계급 쉽게 대충 이 정도 의미로 봐집니다. 백인百人은 켄투리오, 센투리오 Centurio, 라틴어계통에 Centurio가 붙으면 무조건 100과 연관되어 있습니다. 이방인인 당시의 지배국인 로마 백부장이 답하는 즉, 인정케 하는 형식을 취한 것으로 보아 마가복음은 이방인들을 위해 지어진 것으로 봅니다.

마가복음 마태복음 누가복음을 공관복음公觀福音이라 하는 이유는 같은 어록들이 공통적으로 기술되어 있어 같이 놓고 비교하여 볼만하다는 뜻입니다. 요한복음은 성격을 달리합니다.

마가복음 = 마가는 복음서의 기술의도를 내러티브(Narrative : 문학쟝르) 형식으로 표현했음

마태복음 = 마가복음 + 마태의 기술의도

누가복음 = 마태복음 + 누가의 기술의도

(로기온 =가라사대자료 , Q자료, Quelle=마태와 누가에 공통적으로 나오는 어록 자료)

도마복음 = 114개의 구句로 된 예수의 순純 가라사대자료(일절의 해석이나 설명, 제3자의 나레이션이 없음)

이렇게 간단히 표시해 볼 수도 있습니다. 단, 쉬운 이해를 위한 표시일 뿐입니다. 고문헌 비교에 100% 정답은 없습니다. 건강한 논의나 의견표시는 권장되어야 합니다. X2 -3X-4=0, X=4 또는 X=-1 의 해解처럼 값이 확정되어질 수 없는 성격의 논의들이기 때문입니다. 고문헌의 해석 책 들을 보는 매력이기도 합니다.

새 쟝르의 마가복음은 민중과 이방인들에게 쉽게 파고들어 갔습니다. 요즘 표현으로 치자면 공전의 히트를 치게 된 것입니다. 예수의 메시아 됨, 그리스도 됨을 만방에 선포하고자 했던 마가는 충분히 그 목적을 달성했습니다. 증빙이 되었으므로 이제 선포를 해야 됩니다. 선포라는 표현은 제가 지금 글을 쓰다가 그냥 선택적으로 사용하는

그런 말이 아닙니다. 예수의 그리스도됨의 선포(전파, 선언, 케리그마, Kerygma), 이 개념은 초기 기독교의 선교에서 가장 핵심적인 가치입니다.

3) 마태복음·카타 마타이온(Gospel of Mattew)

선포가 이루어졌고 마가의 그런 소명이 어느 정도 성공했다면 이제 후속편이 나와야 합니다. 좀 더 세련되고 분량이 많은 마태복음이 등장합니다. 마태복음은 구약 아브라함의 족보로부터 예수의 아버지 요셉을 연결시키는 작업으로부터 시작됩니다. 그리하여 마태복음의 첫 머리에는 기나긴 누가 누구를 낳고~~ 낳고 낳고 구절이 장대하게 등장하게 됩니다.

마태공동체는 기독교로 개종한 유대인들로 보여지며 선교의 대상은 개종하지 않은 유대인들을 타겟으로 하고 있었던 것으로 추정할 수 있습니다. 당시 유대인은

1) 율법중심 기존 유대인,
2) 개종한 유대인 일부,
3) 이도저도 아닌 유대인 일부, 이렇게 3부류가 존재했을 것입니다.

좀 더 정확히 하여 개종한 유대인을 다시 두 종류로 나누면
2-1) 유대전통을 어느 정도 따르는 개종자와 2-2) 유대율법을 벗어

나 있는 개종자, 이렇게 총 4부류가 있었을 것입니다.

마태복음은 2-1, 2-2, 3 이 세 부류의 유대인들을 위한 복음서였으므로 2-1과 2-2 사이의 긴장감을 유지한 채 구약과의 연결을 시도했습니다. 그 긴장감은 곳곳에 나타나 있습니다.

저는 앞서 수차례 예수나 세례 요한이 오랜 유대율법의 토양을 갈아 엎어버리고 등장한 인물들이라는 것을 밝혀왔습니다. 예수를 계승자이자 파괴자 그리고 궁극적으로는 새로운 생산자로 표현하고자 했던 의도 이것이 마태가 취한 기술記述 방식이었습니다.

유대인들을 위한 복음서였다는 점과 지금의 팔레스타인 부근에서 성립되었을 거라는 추측 때문에 마가복음보다 조금 먼저 성립되었을 거라는 주장도 있지만 대부분은 그렇게 보지 않습니다. 유교 13장경중 중용이 효경보다는 먼저 나왔다고 볼 수 없으며, 대승불교경전인 반야부가 초기 상좌부 소승불교 아함부 보다 먼저 성립되었다고 볼 수 없는 것과 똑같습니다. 대승(= 마하야나 Mahayana 큰수레)이니까 소승(=히나야마 Hinayana 작은수레)보다는 더 좋은 것이고 더 중요하다. 더 대단한 거고 더 이른 거다. 이런 식의 접근은 참으로 단편적인 발상입니다. 십수 년간 이런 고전과 경전 책들을 다루어본 경험이 있는 분들이라면 이런 것에 대해서 어떤 감이 있게 마련입니다. '아! 이게 먼저 나왔고 저게 후속편, 증보판, 속편이구나' 이런 식의 느낌이 자연스럽게 오게 됩니다.

마태는 세리로 추정됩니다. 마태복음에는 돈과 세금의 비유가 많이 나옵니다. 애초에 그는 지역의 부호였고, 당시 세리는 민중의 멸시를 받던 공무직이었습니다. 부자였고 멸시를 받았을 것이라는 주장에 대한 저의 근거를 조세행정단위와 당시의 조세징수 제도를 들어 살펴 보겠습니다.

당시 세금(수탈)의 최종목적지는 로마였습니다. 제국의 건설, 수많은 전쟁의 목적은 바로 수탈 강탈의 합법화입니다. 로마라는 제국이 넓디 넓은 각 식민지로 부터 조세를 확보하는 방법은 다음과 같습니다. 로마제국의 조세징수 시스템을 일제시대의 우리행정 단위로 쉽게 비유해 보겠습니다.

경남 합천 쌍책면에서 거두어진 세금은 합천군이 책정한 쌍책면의 금액만큼 합천군으로 보내집니다. 대부분의 세금은 인두세입니다. 각 지역호구조사를 하는 이유입니다. 이런 식으로(합천군 → 경상남도 → 중앙정부 → 일본제국. 단지 비유, 일제의 수탈은 이와 다른 방식) 작은 동네 단위에서 징수하여 최종적으로는 은화나 소량 고가물, 곡물로 바뀌어 로마로 들어가는데 로마로는 은화 그대로 혹은 지중해 대규모 밀 곡창지대인 시실리아 시라쿠사나 지금의 터키, 이집트에서 확보된 밀(식량)로 다시 바뀌어 로마로 운송되었습니다. 수많은 지역에서 전쟁을 치르거나 군대를 유지해야 하는 로마제국에서 밀은 요즘의 석유였습니다.

그런데 로마가 식민지 각 지역의 동네 구석까지 가가호호 다니면서 수탈을 못하니 로마 식민지 군대주둔 지역별로 납세액을 책정해놓고 그것을 징수하면 되는 그런 방식을 택했습니다. 지금 생각해봐도 그 방법이 가장 효율적인 방법이었을 것입니다. 군대의 주둔은 제국의 식민지 개발이 지역민들의 복지나 안전을 위한 것이 아니고 오로지 수탈징수의 도구였음은 두말할 나위가 없습니다.

'책정된 금액' 이 말에 주목해야 합니다. 세리는 책정된 금액의 징수를 완성시키는 지역민인 동시에 조세 관할자였습니다. 각 세리 조직은 다단계 상납 시스템이었습니다. 120을 거두어 100은 상납하고 +20은 본인이 많이 거두면 자기 몫(+)이고 못 거두면 자기 돈(—)으로 채워야 하는 것입니다.

세리는 갈수록 독해질 수밖에 없었고 민중들의 세금부담은 날로 가중됩니다. 앞장의 전반부 마지막에서 제가 언급한 열심당원 제롯파들에 의한 세금불납운동이 유대 멸망의 시초가 됨은 이 다단계 세리제도에서 기인된 것입니다. 마태 그가 진짜 세리였는지, 부호였는지는 근거로서 확실시 될 뿐 신원사항은 마가복음과 마찬가지로 추정일 뿐입니다.

마가, 마태, 요한 이런 이름은 뜻글자 의미문자인 한자의 조합처럼 수만 가지 다양한 이름이 나올 수 있는 중국식 이름과는 달리, 당시 유대사회에서 쓸 수 있는 한 100여 가지 이름 중 대표되는 50여 가지 이름 중 하나였습니다. 어느 요한이 그 요한인지 그 마가가 이 마가인

지는 살던 동네나 직업이나 아버지를 특정하지 않으면 잘 알 수는 없습니다.

단, 마태복음을 쓴 마태는, 다방면에 대한 해박한 지식을 지니고 있었으며 구약을 구조를 통째로 꿰고 있었던 사람으로 보여집니다. 식민 치하에서 부호가 아닌 일반 생업종사자(수탈대상자)들이 다방면에 해박한 지식을 견지하기란 현실적으로 어려웠을 것이고 세리 출신, 멸시받던 부호였던 지식인 마태는 예수라는 인물을 직간접적으로 알아감에 따라 철저한 자기반성과 함께 어떤 자각을 이루었을 거라는 생각을 해봅니다.

그는 유대주의와의 단절보다는 유대주의의 완성이라는 의도를 분명히 가지고 있었습니다. 완성이라는 의도가 분명히 가지고 있었습니다. 구약과의 고리를 통해 예수가 다윗의 후손이며 모세와 같은 민족지도자 성격을 지닌 메시아임을 예수에게 동시에 부여하고자 했습니다.

동방박사, 별, 아기 예수, 메리 크리스마스, 성탄전야, 캐롤송, 선물 꾸러미, 따뜻한 모닥불 … 아무리 비非기독교인이라 할지라도 이런 것에 대한 감성적인 기억이 하나도 없는 사람은 드물 것입니다. 마가와 다르게 마태는, 그의 이름이 붙은 복음서에 예수의 탄생 부분을 아름답고 거룩하게 삽입했습니다. 마가와 달리 상당히 유려한 헬라어로 쓰여진 복음서답게 신화적인 요소가 살짝 가미됩니다. 선교의 대상자들인, 보거나 듣는 사람들의 입장에서는 훨씬 재미가 더해집니다. 마가복음에 이어 속편인 마태복음도 복음서 장르에서 대성공을 거둡니다.

4) 누가복음 · 카타 루칸(Gospel of Luke)

마가복음과 마태복음은 그 어느 것이 먼저 성립되었느냐를 두고 견해를 달리하는 경우가 있습니다. 마가 쪽이 살짝 우세합니다. 저는 마가복음을 이전의 것으로 본다고 밝혔습니다. 보내주신 NIV성경에는 각 복음서의 성립시기를 두고 각각 시간차를 많이 두어 첫머리에 표기되어있습니다. 국제버전이기 때문에 논쟁을 방지하는 가장 좋은 방법으로, 즉 이런저런 견해와 연구를 포괄적으로 수용한다는 뜻으로 넉넉한 시간차를 둔 것입니다.

따라서 그 포괄적인 시간차, 예를 들면 집필시기: AD50년대~70년대 사이 추정. 이런 식의 시간차표시에서 가장 앞선 연도가 어느 복음서라 하여 그것을 가장 최초의 복음서라고는 볼 수 없습니다. 그러나 누가복음은 확실히 마가복음과 마태복음 이후의 것으로 보입니다.

누가는 마가복음에서의 예수의 공생애 여정에 따른 기술방식을 그대로 적용했습니다. 그리고 마태복음에 나타난 예수 탄생설화를 첨부했습니다. 앞선 두 복음서를 참조했다는 의미입니다. 그러니까 예수의 탄생 설화는 마태와 누가 두 복음서에만 등장하는 내용입니다. 그리고

앞서 마태가 세리로 추정되며 마태복음에 돈에 대한 비유가 많이 나온
다는 점을 얘기한 것처럼 누가도 돈을 심층적으로 비판합니다. 누가복
음 = 마가복음 + 마태복음 + 누가의 견해. 이런 공식이 거의 맞아 떨어
지는 구조입니다.

또한 누가복음은 마태복음보다 더 유창하고 설명적인 표현들로 기
술되어있습니다. 마가와 마태와는 비교할 수 없을 정도로 풍부한 어휘
들이 사용됩니다. 마가 → 마태 → 누가 이런 식으로 표현 언어와 기술
방법이 갈수록 진화합니다. 누가는 마가가 베드로와 연관되어지는 것
과는 달리 바울의 사역과 연관이 있는 인물로서 공동체 안에서 의료행
위를 하던 사람으로 추정됩니다. 기독교관련 병원 앞에 가면 꼭 누가
이름을 딴 의료기 제품 상점들이 가끔 보이곤 합니다.

누가복음은 이방인에 의한 이방인을 위한 최초의 복음서로 평가받
습니다. 이웃을 사랑하라 등등 이방인, 비非주류인들에 대한 포괄적인
사랑을 담고 있습니다. 이웃은 옆집 이웃. 옆 동네 친척집이 아닙니다.
성경에서 등장하는 이웃이란 표현은 소외받는, 말이 다른, 이방인, 이
웃지역, 이웃나라, 열방의 이런 뜻입니다.

선한 사마리아인의 이야기가 등장합니다. 예수교가 예루살렘과 베
들레헴에 한정된 편협한 일부 지역의 종교가 아니라 열방列防 즉, 모든
민족을 향한 종교임을 표방합니다. 기본적으로 마태복음의 구조와 기
술을 따랐다 할지라도 누가의 선교관, 복음관은 마태의 그것과는 출발

부터 각도가 많이 다릅니다. 훨씬 더 국제적이고 스케일이 다릅니다. 사도 바울이란 사람의 소양이 국제적 스케일이란 걸 앞서 밝혔습니다. 그와 같이 한 자라면, 그의 영향을 받은 자라면 어쩌면 이런 세계적 복음관은 너무나도 당연합니다.

색다른 것은 누가복음의 첫머리를 읽어보면 아주 독특한 내용이 기술되어 있습니다. 새로 다시 읽어봐도 아주 독특한 표현입니다. '데오빌로 각하에게'로 시작되는 그 구절들입니다. 주 내용은 이러합니다.

'우리들 사이에 일어난 일들에 관해 직접 보거나 전달되어 글을 쓴 사람들이 많은데, 저도 그 일들에 대해 근원부터 지금에 이르는 이야기까지 자세히 살핀지라 차례로 정리하여 각하에게 보내노니 이는 각하가 잘 알게 함입니다.'

훈민정음 해례 첫머리 같습니다. 글을 쓰는 이유와 수신자를 밝힌 것입니다. '우리들 사이에 일어난 일'이란 바로 예수에 관한 얘기이며, '목격이나 전달하여 글을 쓴 사람이 많다'는 말은 앞서 이 일을 적은 사례가 있다. 즉 앞선 복음서들이 있다는 뜻입니다. '저도 근원부터 지금에 이르기까지 자세히 차례로 살피고 정리했다'라는 것은, 본인이 그것들을 참조하여 또 더 정확히 부연설명 기술하였으니 각하 당신께서 좀 더 면밀하게 알기를 바란다. 그러한 뜻입니다. 더 할 것도 없이 뺄 것도 없이 저는 그렇게 해석합니다.

앞선 사람들의 자료에 대해 본인이 다 이해하고 있고 그 총체적 이해의 바탕 위에 본인이 있다는 소양의 자부심이 나타나 있습니다. 각하에게 보낸다는 표현으로 보아서 데오빌로는 예수교에 관심을 가졌던 혹은 암묵적 신도(당시는 기독교공인 이전의 박해시절)였던 로마 고위층을 지칭한듯하며 상서上書이므로 그 표현이나 어휘가 유려하게 기술될 수밖에 없었을 걸로 보입니다.

저는 그리스말을 잘 모르지만 테오, 데오Theo가 신을 뜻한다는 것과 필로, 빌로Philos가 사랑을 의미하는 말인 것 정도는 알고 있습니다. 필로소피아의 어원 정도는 이제 누구나 다 알듯이 그리스 신화의 영웅들을 묘사한 Anti-theo '신에 필적할 만한'의 Theo가 바로 그 테오이듯이 데오빌로, 테오필로는 '하나님이 사랑하는'이란 뜻인데 이건 마치 비밀 닉네임 같습니다.

기독교 공인 전前 예수교에 관심이 많았던 혹은 이미 믿기 시작했던 로마의 입장과 관점에서는 이교도인 로마 최고위 고급 관료나 귀족, 황족으로 보입니다.

타 복음서와 마찬가지로 세세내용은 성경을 두고두고 읽어보는 재미로 남겨두기로 하고 이 누가복음은 예수가 인자人子 그리스도, 사람의 아들로 태어나 전 열방의 사람들에게 그리스도의 사명을 다한다는 점을 강조하고 있습니다.

우리나라에서 글쓰기의 한 획을 그었다고 여겨지는 당대의 문필가 이문열 씨가 인용한 소설제목 〈사람의 아들〉이 바로 이 누가복음의 인자人子에서 비롯된 표현입니다.

5) 요한복음 · 카타 이오안넨(Gospel of John)

"태초에 말씀이 계시니라. 말씀이 곧 하나님과 함께 하시니, 이 말씀이 곧 하나님이시니라."

요한복음의 첫 구절입니다. 말씀이 하나님이라니. 말씀은 진리의 무형상 개념인데 그것이 곧 하나님이다! 미켈란젤로가 바티칸의 시스타나 성당 천정에 그린 그림 천지창조에 나타난 그런 형상신을 상상하면 큰 착오란 얘기입니다.

벌써부터 완전히 앞선 3복음서와는 느낌이 확 달라집니다. 앞선 복음서들이 심청가 판소리 버전, 영화 대부1 2 3편이었다면 요한복음은 철학논문쯤 되는 기술記述의 표현입니다.

중용이 그냥 공자의 어語를 논論한 논어에서 일 백보 진화하여 자왈子曰의 일부는 빌리고 있지만 전체적으로는 잘 잡혀진 철학서를 지향하듯 요한복음에는 첫 구절 바로 다음에 생명, 빛, 진리 이런 관념적 언어들이 등장합니다.

빛에 대한 증인으로 요한이 등장하지만 요한은 빛을 증인하는 자이지 그 빛 자체는 아니라고 선을 긋습니다. 아주 명확히 기술되어있습니다. 말씀 = 하나님 = 빛 = 진리 = 예수가 육신이 되어 이 세상에 왔음에도 그 땅 예루살렘에서는 영접치 아니하였는데, 어리석게 그러지 말고 지금부터라도 그 무지를 벗어 던져버리고 빨리 깨쳐라. 이런 내용이 요한복음의 첫 페이지에 상세하게 표현되어 있습니다.

첫 페이지만 읽어도 벌써 아~!! 이 글을 쓴 사람은 앞서 복음서를 쓴 사람들의 머릿 속과는 다른 철학적 구조를 가지고 있구나 하는 것이 금방 느껴집니다. 헬라의 철학적 구조를 가지고 있다는 뜻은 '진리'라는 의미와 연관이 될 수밖에 없습니다. 고대 그리스는 진리로 시작해서 진리로 끝난 나라입니다. 말 그대로 진리가 알파요 오메가였던 사람들이 예수 이전 500년 전부터 그리스를 수놓았습니다.

.

우리나라의 서울대학교와 연세대학교, 서강대학교는 물론 외국의 하버드와 옥스퍼드에 이르기까지 전 세계의 대학이라는 대학에는 모두 하나같이 진리(=Veritas)라는 단어가 붙은 문구가 학교 본관이나 정문의 가장 잘 보이는 곳에 크게 쓰여 있습니다. 바로 요한 복음의 8장 32절에 기록된 문구 때문입니다.

진리가 너희를 자유롭게 하리라(=Veritas Vos Liberabit)

예수가 말합니다. 누구든지 자기를 따르면 그의 제자가 될 수 있고,

제자가 되면 진리를 알 수 있게 되고 그 진리가 결국 너희를 자유롭게 한다.

실로 엄청난 선언입니다. 근데 문제에 봉착합니다. 진리가 나를 자유롭게 한다는데, 나를 해방시켜준다는데,[1] 진리라는 것이 도대체 무엇인지부터 알아야하지 않겠습니까. 우리말 성경의 '진리'는 보내주신 NIV에는 'Truth'로 되어 있습니다. 사실이나 참, 진실, 진리. 이런 개념입니다.

영어 성경 이전의 라틴어에는 'Veritas'로 되어있습니다. 역시 참, 진리 이런 뜻입니다. Veritas, verify 등 라틴어에서 온 영어든 라틴계통어든 Veri- 가 붙으면 뭔가 확고한, 확정적인, 확정할 수 있는 이런 의미가 붙는 걸로 봐서 진리는 뭔가 확정적인 것과 연관이 있다고 보여집니다.

라틴어성경 이전의 헬라어로는 알렛데이아Aledeia로 되어있는데, 이문열 씨의 소설 〈레테의 연가〉에 나오는 그 레테가 '망각'이라는 뜻이고 접두어 A나An은 부정의 의미이므로 망각, 모름, 흐리멍텅함의 반대이니까 즉, 깨어있음, 정신이 말짱한, 확고한 앎의 조건이나 어떤 사실을 명확히 파악한 상태로 볼 수 있습니다.

---

1 영문성경에는 Set you free라고 기록.

히브리어를 찾아보니 에메트Emet인데 이는 확고함, 믿음, 거짓없이 충실함 이런 뜻이고, 아람어 그러니까 예수님이 말했을 발음으로는 아누마Anuma인데 이는 교회에서 흔히 쓰는 아멘Amen의 어원입니다. 뜻은 역시 히브리어 에메트와 비슷하게 확고함, 믿음, 변하지 않는 것 이런 의미를 지니고 있었습니다. 앞서 이야기한 칸트의 진리에 대한 해석은 너무 수학적이거나 논리학의 해석이라 여기서는 제외하지만 다시 보고 싶으시다면 앞부분을 참조하시길 바랍니다.

우리말 성경에서 표시된 예수께서 말씀하신 그 '진리'는 성경이 번역 된 역순으로 올라가 보니 발음은 아누마(=아멘)이고 그 의미는 확고함 이나 확고한 믿음(=확신)의 상태로 볼 수 있습니다.

진리를 확고함으로 바꾸어보겠습니다.
나의 제자가 되면 확고함을 깨칠 수 있고 그 확고함이 너희를 자유 롭게 하리라.

예수에게 진리는 바로 그 확고함이었습니다. 그 확고함으로 인해 광 야에서 깨우쳤으며 제자들을 규합하며 공생애를 나섰고 성전을 뒤엎 었으며 빌라도 앞에서도 그렇게 담담했으며 그 확고함으로 인해 마지 막 십자가 위에서도 그 상황을 피하지 않았던 것입니다.

진리라는 다소 애매하고 포괄적인 말이 조금은 더 명확해졌지만 여 전히 숙제는 남습니다. 일단 예수가 이야기한 진리가 수학적이거나 논리학적이거나 칸트가 이야기했던, 말로 들어서, 글자로 보아서는 더 이해가 안 되는 그 진리와는 거리가 멀다는 것은 분명해졌습니다. 그런데 확고함이나 확신은 어떤 대상이나 목적물이 있어야 합니다.

예수가 확고함을 가졌던 그 대상은 무엇일까요? 저는 예수라는 인물이 평생토록 가졌던 그 확고함의 대상이 뭘까 상상해 보았습니다. 어린 시절의 동방박사니 별의 인도니 하는 장면으로부터는 애시 당초 그 해답을 구할 수 없었고 저도 그런 것에는 관심이 적습니다. 그렇다면 예수의 3년 남짓한 그 공생애 중에 기록이 전하는 바에 의거해 가장 기억에 남는 장면이 무엇인지 그가 이야기한 것 중에 가장 소중한 것을 표현한 장면이 무엇인지를 더듬어 보았습니다.

사람은 누구나 없이 삶의 마지막에 이르러 가장 소중한 메시지를 남깁니다. 예수 마지막은 골고다의 장면으로 남아 있지만 그것은 너무 격한 상황입니다. 기록에는 마지막을 표현했던 또 하나의 장면이 있었습니다. 자신의 마지막을 예견했던 장면입니다. 예루살렘 입성 전 예수는 제자들과 마지막 식사를 합니다. 최후의 만찬이라고 흔히들 표현하지만 만찬은 성스러운 표현일 뿐 그저 초라한 저녁식사 자리였을 것입니다. 예루살렘은 이미 예수를 잡으려고 혈안이 되어 있었고 그곳을 제 발로 들어간다는 것은 그의 마지막을 확정짓는 일이었습니다. 예수는 입성전야 일일이 제자들의 발을 씻겨주면서 얘기합니다.

"내가 너희에게 새 계명을 주노니, 서로 사랑하라. 내가 너희를 사랑한 것처럼 너희도 서로 사랑하라. 너희가 서로 사랑하면, 이로써 모든 사람들이 너희가 내 제자인 줄 알리라.”

제자가 되면 진리를 안다고 했는데 서로 사랑하면 모두가 내 제자란 걸 다 안다는 것입니다.

숙제가 한꺼번에 풀린 것입니다. 예수의 확고함의 대상은 확고함의 목적물은 ‘서로 사랑하라’였던 것입니다.

서로 사랑해야만 된다는 것에 대한 확고함 이것이 바로 예수가 말한 ‘진리’였고 ‘새 계명을 주노니’ 이 말씀이 바로 오래된 약속이 아닌 새로운 약속이었던 것입니다.

“태초에 말씀(The Word)이 있었다. 말씀이 곧 하나님이시다”할 때 그 The Word는 예수에게 말씀=하늘의 명(天命)=하나님=진리=빛=생명=로고스=道=길=서로 사랑하라였던 것입니다.

공생애를 떠난 예수가 왜 모든 인간의 군상들과 어울리고 가리지 않고 위로해 주고 치료해줬던가? 그들을 사랑했기 때문입니다. 예수가 왜 율법주의자들의 권위에 꽉 막힌 행태와 율법에 목숨을 버리면서까지 저항했는가? 서로 사랑하라는 말씀에 어긋났기 때문입니다. 십자가 위에서 왜 “저들을 용서하소서!” 라고 했던가? 그럼에도 불구하고 그들을 사랑했기 때문입니다.

진리가 무엇인가에 대한 개념이 결국 요한복음에서 어느 정도 풀렸습니다. 하지만 "서로 사랑하라"는 사랑의 실천에는 너나 할 것 없이 여전히 숙제가 남습니다. 저도 역시, 아니 특히 저에게는 실천은 말처럼 쉽지 않기 때문입니다.

요한복음의 초반부를 장식하는 예수 = 진리론에 대해서는 이쯤에서 줄이고 전체 구성과 이 복음이 전하고자 하는 메시지를 간략하게 살펴보겠습니다. 마리오 푸조가 쓴 대부代父. The God father를 영화로 만든 프란시스 디 코폴라는 1부에 마이클 꼴리오네의 청년시절(아버지 비토 꼴리오네의 장년 시절)로 이야기를 풀다가 2부에서는 비토 꼴리오네의 어린 시절과 마이클의 중년시절을 왔다갔다 그리고 3부에서는 마이클의 장년, 노년 시절로 영화를 풀어갑니다.

마가에 나오지 않는 예수의 탄생 이야기가 마태와 누가에 등장하는 방식도 그러합니다. 하지만 요한복음은 예수의 공생애를 여정에 따라 기술했던 기존 복음서의 방식은 거의 택하지 않았고 "칸나의 혼인식" 때 물을 포도주로 바꾼 이적을 첫 기적으로 적고 있습니다. 예수의 신성神性과 신神 그 차체로서 예수를 부각시킨 후 그것을 헬라적 관념론으로 설명해 놓았습니다. 현실적 메시아에서 완전히 탈바꿈하여 이데아적 절대 진리, 로고스, 사랑, 생명 등의 언어적 개념의 신으로 표현됩니다. 훗날 책상 위의, 교회안의 교부敎父 철학자들에겐 더할 나위 없이 좋은 표본복음서가 됩니다.

같이 비교해서 보라는 공관公觀복음 마가, 마태, 누가복음이 영화 시나리오 같은 형식이었다면 요한복음은 심오한 철학교과서 형식입니다. 가장 늦게 쓰여진 만큼 가장 많이 보완되는 과정을 겪었을 것이고 현대 신학자 중 불트만 같은 일부는 사도 요한이 아닌 다른 요한의 저술로 보는 견해를 밝히기도 한다 합니다. 예수의 사랑하는 제자 요한. 이런 표현은 보완과정에서의 사도 요한파들의 기술이라는 것이 불트만의 해석이랍니다. 물론 이 논의에 대해서도 저는 상세히 알지 못하므로 넘어갑니다.

요한복음에 의해 앞선 3복음서의 사상과 지향점은 좀 더 정형화되고 규격화되었습니다. 새로운 약속의 기본구조가 완성되어져 가며 나중에 로마에서 현실적으로 정치적으로 기독교가 공인되는 데에도 큰 사상적 기반을 제공합니다. 초기 로마제국의 황제가 어느 특정종교를 공인하는 까닭은 무엇이었겠습니까? 그 본인이 신앙심이 돈독해서요? 물론 콘스탄티누스의 꿈속 체험이 그를 변모시켰을 수도 있습니다. 역사 속에 기록된 것은 아닙니다. 아내가 믿자고 해서요? 신하들의 건강한 종교생활을 위해서요? 아쉽게도 그런 것과는 거리가 아주 먼 듯합니다.

통일제국의 통일사상 그 구심점, 빛 생명 진리 메시아 지도자 이런 개념에 황제 본인의 정체성을 은근슬쩍 물타기 하려는 정치적 테크닉일 가능성이 매우 높습니다. 아무튼 복음서의 마지막인 이 요한복음이 완성되고 나서 약 200여 년이 지난 후 기독교는 명실상부한 로마제국

(팍스 로마나 시대)이라는 시스템 안에서 세계적인 종교로 발돋움하게 됩니다. 하나님께서 역사役事하셨는 바라 해도 그 어느 누가 부인할 수 있겠습니까? 역사歷史는 또 그렇게 흘러왔습니다.

　답 책으로 글을 쓴다는 것이 이만큼 흘러 왔습니다. 사진, 지도, 참조, 도식 등을 첨부하면 분량은 훨씬 더 늘어날 것이고 이 글쓰기 이외에 다른 이전 글 자료들도 많아 책으로의 정리는 미루어야 할 것 같습니다.

　본 주제도 그러하거니와 글재주가 그래서 딱히 어느 누가 자기 돈 주고 사서 읽을 사람은 없을듯하니 성급해야 할 이유도 없습니다. 요즘 저 같은 사람 빼고는 이런 부류의 책을 읽는 사람은 극히 드문 듯합니다. 이런 류의 책에서는 밥과 떡이 나오지 않기 때문입니다. 제가 품어 왔던 오래된 계획을 마무리할 때 그때 일괄 정리하는 편이 낫지 않을까 생각해봅니다.

　이 글을 적다가 2,002년 11월 9일 제가 적어놓은 독후감 같은 쪼가리를 우연히 찾아보게 되었습니다. 그것은 당시 11월 1일 제 생일선물로 회사 직원이었던 김현우 군이 준 책자의 첫머리에 A4용지 한 장쯤 6포인트 정도의 작은 글자체로 빽빽하게 써 붙인 기록이었습니다. 저는 예나 지금이나 책을 읽고 나면 그 책의 주변 주변 여백 여백에 읽은 소감을 짧게 적곤 했습니다. 임어당의 『생활의 발견』 같은 책은 각각 독후의 때를 달리하는 기록들이 스무 군데도 넘는 경우가 있습니다. 시간이 지나 다시 읽었을 때 다른 생각들을 기꺼이 적어 놓는 저의 습관 때문입니다.

앞서 언급한 그 책은 제 기억이 맞다면, '사장님 내일 사장님 생일인데 뭐 하나 사드릴까요? 저번에 제 생일날 저는 받았는데 저도 뭐하나 드려야!' 이렇게 되어 그 친구에게 제가 부탁한 책은 남들은 잘 읽지 않는, 그래서 구하기 힘들었던 책 중 하나였고 그것은 일종의 예수傳이었습니다.

그 책을 읽고 적은 기록을 보니 그날이 어제와 같이 생생합니다. 그걸 적었던 사무실 책상 자리까지 떠오릅니다. 기록의 힘입니다. 그 전문은 이러합니다.

*

예수라는 사람처럼 많이 언급된 사람이 역사상 있었을까? 그는 분명

2,002년 전 저 먼 중동의 어느 메마른 땅에서 태어나서 살다가 돌아가셨던 분이다. 지금의 나와 생물학적 몸의 구조가 동일했던, 빵도 먹고, 포도주도 마시고, 땀 흘리며 걷고, 앉아서 쉬고, 잠도 자고 했을 당시의 사람들과 같이 지내면서 같이 이야기를 나누었던 사람의 아들이었을 것이다.

단순명료한 얘기지만 엄연한 이 사실만큼 나에게 중요한 관점은 없다. 도저히 스승의 뜻을 헤아릴 수 없었던 그의 제자들 덕분에 그는 헤브라이즘의 메시아에서 헬레니즘의 빛, 진리, 로고스로 호적등본을 살짝 바꾸었다. 그것을 그의 제자 바울이나 베드로 그리고 복음서를 쓴 자들의 탓이라 돌릴 수는 없다.

제자들에 의해 전적으로 파악되기에는 예수라는 인물은 너무나도 미스테리했고 위대했던 것 같다. 파악될 수도 없고, 감당할 수 없이 너무나도 드라마틱하다면, 어떤 역사의 카테고리(시간 인간 공간) 안에도 포함시킬 수 없이 너무 앞선 자라면, 모든 틀 밖의 사람이라면 그리고 예수 스스로가 자신 스스로를 규정짓지도 않았다면.

이건 제자들로서는 별 방법이 없다. 딜레마이자 한계이다. 신성神性에 그 부분을 위탁하는 수밖에 없다. 인간의 사유 안에서 확정짓기 애매한 것은 신적神的인 것이 될 수밖에 없다. 예수는 결국 제자들에 의해서 신화 속에 한동안 갇혀있었다.

나는 신화 속의 예수에는 관심이 적다. 지난 23년간 줄곧 호주머니에 손 넣고 울타리 밖을 서성거리는 정도였다. 하지만 어떤 기독교인이 보는 이교도의 처지에서 일말의 불안감도 느끼지 않았다. 실제로 난 어떤 특정 종교를 신앙하지 않으니 이교도마저 될 수가 없었다.

그 이유는?

단지 나는, 내가 왜 저 사막족의 神인 야훼를 믿어야 하고 그들 아브라함과 다윗의 조상숭배 체계에 동화되어야만 하는지 알 수 없었기 때문이었다. 그리고 하늘나라가 디즈니랜드 같이 시·공간적으로 존재한다는 그런 것을 믿을 수 없기 때문이었다. 히브리 선민사상에 내가 들어가 있다는 것을 알아차릴 수 있었다면 그것을 현실적으로 실감할 기회가 있었다면 당장 그 울타리 안으로 직행했을 것이다.

믿거나 말거나 나는 내 스스로 꽤나 정신적인 성향이 있다고 여긴다. 한 번 뿐인 인생 어떻게 살아야 일을 마친 료사인了事人이 될 수 있을까?라는 생각을 해 본 적이 많다. 한때 결혼 전 사업을 하기 전에 스님이 될까 하고 SK해운 퇴직하고 받은 퇴직금 전부로 6개월 동안 전국의 이름난 사찰이라는 사찰은 다 돌아 다녀본 적도 있었고 불교의 대표경전들을 끼고 다닌 적도 있었다.

어떤 정신적인 것, 종교적, 철학적인 것들에 대해 나의 DNA 일부가 조금 쏠리고 있다고는 해도 나는 에덴동산의 출입구가 동쪽인지 서쪽인지 아니면 아예 없는 개념인지 혹은 악은 타락한 천사라는 등 그런 것을 논하는 데는 지금도 무척 관심이 적다. 아니 적은 것이 아니고 아예 없다.

그것은 마치 나에게 천사의 날개가 어떤 소재인지를 밝히라는 것과 똑같은 일이라 믿고 있기 때문이다. 만약 천사에게 날개가 있다 한들 그것은 뭐~ 그것도 뭐 새 날개나 금붕어 비늘이나 내 손발톱 같이 일종의 단백질(=케라틴)의 변형성분이겠지.

이런 겸손치 못한 나의 태도는 냉소를 의미한다. 그리고 이런 걸로 논쟁을 하는 짓이나 교리의 해석학적 차이로 새로운 종파가 생기거나 하는 걸 보면 비기독교도인의 입장에서 살짝 처량한 느낌이 들 때도 있었다. 그런데 갈릴리에서 주로 살다가 예루살렘에서 죽었던 예수가 훗날 로마라틴족 혹은 유럽풍의 증명사진을 가지기 시작한 그 후로, 소위 말하는 기독교의 발전이라고 불리는 것은 위에서 말한 그런 논쟁에서 비롯된 것들을 풀어가면서 성장한 것들이 대부분이다.

나는 신학자가 되거나 종교인이 되어 그런 것을 다루기에는 싹수부터 노란 녀석일지 몰라도 젊은 시절 배를 탄 경험으로 오만 무스카트 앞 아라비아해에서 바라본 일조나 눈에 쏟아질 듯 밤하늘에 촘촘히 박힌 그 많은 별들을 보며 뭔가 근원적인 걸 느낀 적은 많았다. 그 수많은 별들 중의 하나인 지구, 그 지구 위에 살고 있는 모래알만큼 많은 사람들과 살았던 사람들 그리고 얽히고 힌 나라와 민족들의 수많은 역사와 작게는 그 개개인들의 사연들.

항해사는 야간 당직 때 사실 별 할일이 없다. 배는 Auto pilot 시스템으로 스스로 가고 궁극적인 상념에 빠질 때가 많았다. 궁극적 상념이러니까 뭔가 거창한데 실은 멍 때림이다. 근데 사실 멍 때리는 것과 망상의 고리를 지우는 참선은 사실 별반 다르지 않다. 기도는 다르다. 기도는 연결구조이고 목적적이기 때문이다.

누구라도 그럴 때가 있을 것인데 대양 위의 배 위에서는 특히 그런 생각이 자주 들었다. 네온싸인도 없고, 술 먹자는 친구도 없고, 등산할 문수산도 없다. 칠흑같이 어두운 밤이라도 선박은 1년 365일 항구에 있을 때를 제외하고는 계속 항행한다. 우주 → 지구 → 대자연인 대양 위에 떠 있는 배, 그리고 그 위에 있는 나, 이런 식으로 연결 짓다 보면 자연스럽게 살짝 경건해진다.

경건함. 그것은 개인적으로는 종교적인 체험과 느낌이 거의 비슷하다고 할 수도 있다. 난 지리적으로나 역사적, 민족적으로 유대인이 될 수도 없었고 양친부모 두 분도 모두 유대교나 기독교의 소양과는 거리가 있는 분들이셨다.

그럼에도 나는 줄곧 예수 주변을 맴돌았다. 희한하리만큼 그랬다. 예수 이 사람은 도대체 누구이지? 어떤 확고한 신념이 있었길래 그 정도로 강력하고 드라마틱한 인생을 살다 간 것일까? 실제로 神의 아들일까? 근데 신神이란 게 뭐지? 그리고 神이란 게 언어 밖에서 그 어떤 무엇으로 설명이나 할 수가 있기나 한 것일까? "바바(=키웠던 고양이 이름)에게 神이란 개념이 없는 건 그 녀석의 언어가 나처럼 정교하지 못해서 이지 않을까? 기껏해야 '야옹' 아니면 '냥', '야~앙'이니 정도의 언어로는 신神을 표현하기란 힘들지! 미켈란젤로가 바티칸 시스타나에 그린 것이 신神이라면 뭐 그건 좀 유치하군!"

이런저런 복잡한 생각이 들었다. 그래서 난 간단히 생각하기로 했다. 예수가 신神이든 신神의 아들이든 그냥 사람의 아들이든 '마~ 다 치우고 그 정도 되는 인물이라면, 그냥~ 신神이라 하자! 뭐~ 어렵지도 않네!' 이런 식이었다.

예수는 단 한 번도 자기 입으로 神이라 떠들어 댄 적도 神의 호적에 올려달라고 간청한 적도 없었다. 성경에는 예수가 神의 아들임을 표현하는 장면이 10번 정도 나오는데 2~3번은 세례 요한의 입을 통해서였고 나머지는 그의 제자나 목격자들의 입에서 나온 소리였다. 예수 자신의 표현은 비유나 암시였지 자기 입으로 자기를 神의 아들로 확정시킨 적은 한 번도 없었다. 神의 아들은 고사하고 神 마저도 그게 딱 뭐라고 그는 규정한 적이 없었다. 하늘나라의 개념에 대한 비유 설명정도가 대부분이다.

재판 중에 빌라도가 물었다. "너는 신神의 아들인가? (=메시아=오기로 예정된 유대의 왕인가?)" 예수는 답했다. "너의 말이 그러하다(You have said so.)" 너의 말이 그러하다면 그러하다. 재판장에서 지배국 로마인인 너한테 우리의 신神이니 하늘나라를 짧은 시간에 문답식으로 설명해줘 봐야 너는 모른다. 그리고 하고 싶지도 않다. 이 재판은 이미 결론이 나 있는 거다. 그러니 귀찮게 하지 말고 네 할 일이나 해라.

이 말씀을 한 것이다. 나는 그 소리로 들린다. 신神의 존재 증명을 떠나 그는 2,002년 전 어느 지방에서 태어나 지금껏 어느 인간도 실천한 적이 없는 가장 파격적인 방법으로 모든 인간의 군상들을 품어 안았던 사람이었다. 예수는 단 한 번도 자기가 품었던 인간을 포기하면서까지 신神에게 침 발린 소리를 한 적이 없다. 그의 인생 주제는 神이 아니라 인간이었다.

2,000년 기독교역사에서 당장 폐기되어야 할 부분은 예수나 예수이야기의 주제가 신神이라는 것이다. 가벼운 웃음, 실소일 뿐이다. 예수의 메인 테마는 신神이 아니라 인간이다. 나는 이런 결론에 도달했다. 그리고 한결 마음이 쉬워졌다.

예수가 십자가 위에서 마지막으로 한 말 '엘리 엘리 라마 사박다니'는 싯다르타의 마지막 말 '아이스단모 사란따노'와 동의어이다. 팔만대장경이 펼쳐진 장광설의 원인 싯다르타는 죽을 때 '나는 아무 것도 설設한 바가 없다'라고 하였다. 제자들에게, 동시대 당대의 인간들이 지녔던 지성과 소양체계에서는 결코 이해될 수 없었을 만큼의 큰 정신精神.

예수와 싯다르타의 고독을 느낀다. 다시 마음이 살짝 무거워졌다.

2002년 11월9일 늦가을 김현우가 나의 36번째 생일을 기념해 구해 준 책을 읽고.

*

옛 글 특히 20년 전 자신이 적었던 글을 본다는 것은 여러 감정을 불러일으킵니다. 지금 보니 좀 다듬어지지 못했지만 지금 견해의 뿌리가 된 듯하고 36세의 겸손치 못했던 부분, 꼬장꼬장했던 글쓰기 기질도 생각납니다.

샘족 마르투 아브라함이 새로운 희망을 찾아 함무라비의 수메르(=우르)를 떠난 지 3,700년이 흘렀고 그 뒤 300년 후 모세가 젖과 꿀이 흐르는 새 약속의 가나안 땅을 찾아 이집트를 떠난 지도 3,400년이 지났습니다. 2,900년 전 엘리아가 울부짖었고 2,700년 전 다니엘도 바빌로니아의 지배 아래에서 새 세상을 노래했습니다.

그로부터 700년 후 로마 압제하의 유대 땅에서는 세례 요한과 예수라는 인물이 나타나 다시 새 세상과 하늘나라의 도래를 설파하다가 처참하게 쓰러졌습니다.

그 후 2,000년이 흘렀습니다. 엘리아, 다니엘, 세례 요한이 목이 터져라 예언했지만 얼핏 보아도 세상은 아직 무너지지도 않았고 그렇다고 평화롭고 아름답게만 흘러가는 것 같지도 않습니다. 물론 로마제국은 무너졌습니다. 하지만 그런 건 굳이 예언을 요구하지 않습니다. 몽골제국도 무너졌듯이 역사의 수레바퀴 속에서 어느 민족과 한 국가의 흥망과 성쇠는 필연이기 때문입니다. 구약의 야훼가 그에게 제사 지내던 그 선택된 민족, 히브리 민족에게 했던 오래된 약속과 그들만의 천국은 어디에 있는 것일까요?

세례 요한과 예수의 하늘나라는 오늘날의 수많은 교회 안에서 이미 도래한 것일까요?

이 땅위에도 교회가 없는 곳은 없습니다. 동사무소 하나의 행정구역 안에 10여개의 크고 작은 교회가 밤마다 붉은 십자가를 빛내고 있습니다. 보기에 따라서는 하나님의 나라가 온 듯합니다. 하지만 과연 하늘나라라는 개념이 그런 물리적인 공간에서 존재하는 것일까요?

여러 목회자분들이 다 같이 혹은 다 다르게 이야기하거나, 많은 사람들이 여러 이야기를 하지만 여전히 정답은 없습니다. 이미 전 세계에 신교와 구교를 통틀어 200여 개가 넘는 종파가 각 국가에 공식 등록되어 있다 하니 어느 하나의 정답을 기대한다는 자체가 무리일 수도 있습니다. 근현대에 이르러 특별한 몇몇 나라를 제외하고는 공식적으로 종교를 탄압하는 나라는 없습니다. 국가 전복이나 집단 문제를 일으키지 않는 한 종교에 대해서는 이제 관대한 세상이 되었습니다.

십자가에 거꾸로 매달린 베드로의 시대는 이미 이 지구상 어디에도 찾아보기 힘들고 어느 누가 로만 카톨릭을 믿든, 그리스 정교를 믿든, 성공회를 믿든, 개신교의 장로교회를 다니든, 감리교회를 다니든, 아니면 침례 교리에 중점을 둔 교회를 다니든 어느 누가 간섭하지도 않고 경찰이 잡아가지도 않습니다. 어떤 승용차를 구매할 것인가를 선택하는 것보다 더 용이해졌습니다.

과히 종교와 신앙의 천국에 살고 있는 셈입니다. 예수님이 말한 하늘나라는 어쩌면 이미 우리 가까이에 이미 와있을 수도 있습니다. 예수가 진리로서 왔을 때 예루살렘이 그것을 몰랐다고 한 요한복음의 기록처럼 단지 우리가 그것을 모르고 있거나, 알고 싶어 하지 않아서 아직 안 온 것처럼 보일 수도 있습니다. 해가 이미 떴다면 구름이 꽉 끼어있어서 흐릿할 뿐이지 태양 그 자체가 없는 것은 아닐 테니까요. 구름만 벗겨지면 언제든지 밝은 태양이 환하게 온 누리를 비출 것입니다.

이미 하늘나라가 와 있다는 것을 알아가는 패스워드는 약 2,000년 전 나자렛 출신 요셉의 아들, 예수라는 사람이 이야기 했다는 그 이야기에 해답이 있을 수도 있습니다. 쉽고 평범하지만, 실천하기는 결코 쉽지 않은, 무척 간단하면서 가장 심오한 인간 조건 한 구절을 암송하며 답책의 글쓰기를 마칩니다.

붕우재원朋友在元, 가족들과 더불어 권사님께서도 내내 건강, 평안하시길 기원 드립니다.

보내주신 성경 감사합니다.

"내가 너희를 사랑 한 것처럼 너희도 서로 사랑하라."

—나자렛 예수 벤 요셉

표지 그림 설명

표지에 들어가는 그림은 저자 하종호가 직접 그린 작품으로 관세음보살(觀世音菩薩: Avalokitesvara) 탱화초 위에 광야에서 고행 중인 예수상을 묘사하였다.

40일 광야고행 마지막 날 사탄(Satan: 방해자, 적대자)의 시험을 극복한 예수나, 6년 고행 성도(成道)의 새벽, 금성(金星=曉星)이 뜨기 전 마지막 순간 마라(魔羅)의 유혹을 이겨낸 고타마 싯다르타를 같은 의미의 승리자로 표현한 것이다.

오른쪽 광대에는 아수라(阿修羅)를, 왼쪽 광대에는 아라한(阿羅漢)을 배치하였고 그 중심에 리우 데 자이네로, 코르코바두 거대 예수상을 콜라주로 오려 붙였다. 존재의 마지막 적대자는 결국 존재 내부에서 서로 충돌하는 스스로임을 표현한 것이다. 예수님의 이마, 미간을 중심으로 밝은 빛, 연노랑톤, 전체적으로는 연녹색 느낌, 상하좌우의 끝단은 분홍으로 마감하였다.

상하좌우의 끝단에는 반야심경의 구절인 역부여시(亦復如是: 역시 또다시 그와 같다)라는 문구를 거꾸로 씌[書]서 사랑의 빛 / 예수, 자비의 다르마(Dharma) / 싯다르타, 인(仁)의 심미감(Esthetic) / 공자의 정신들이 서로 각기 둘이 아님(不二)을 강조하였다.

우상부(右上部) ㄱ 꼭짓점으로부터의 ㄱ자(字)는 청록색, 좌하부(左下部) ㄴ 꼭짓점으로부터의 ㄴ자(字)는 주황색으로 보색(補色)의 대비와 조화를 표현하였다. 예수님의 얼굴은 먹과 붓을 사용하여 관음탱초의 가는 선[細線]에 대비되도록 굵고 진하게 그리고 거칠게 처리하였다.

제목의 "인디언 예수(Indian Jesus)"는 붓과 먹으로 직접 쓴 것이며, 그러한 제목을 붙인 이유는 관음탱초위에 예수님을 그린 이유와 일체 다를 바가 없다.

종교적 논쟁을 떠나거나 언어로 풀어내는 신학상의 문제를 배제한다면 예수를 유대인 부처, 부처를 인도인 예수라고 보아도, 앞선 깨우침의 위대한 정신(精神)이라는 큰 틀에서는 문제가 없다.

민족적. 지역 문화적. 역사적 시간차는 달랐지만, 예수의 사랑과 부처의 자비가 결코 다르지 않은 정서와 동일 인식의 지평에서 출발하고 있음을 표현하고자 하였다.

인간에 대한 깊은 통찰과 고통 받는 자들에 대한 연민, 두 분의 위대한 선각(先覺)과 대오(大悟)에 대한 무한한 존경을 표한다.

지은이 **하종호**

울산 장생포 출생.
울산 학성고등학교 졸업.
한국해양대학교 해사대학 항해학과 졸업.
文 / 史 / 哲 / 宗, 인문애호가.

몇 년간 항해사로 세계의 바다를 항해한 뒤 울산과 거제에서 선박회사, 국제해운대리점과 종합
건설회사를 운영했고, 현재 ㈜울산마리타임의 대표이사직을 맡고 있다.
사회경력으로서는 (사)중울산JC 회장, (사)경남 / 울산지구JC 지구회장, (사)한국JC 인터넷 윤
리위원장, 세계JC 아태개발위원회(APDC) 베트남 / 우즈베키스탄 DEVELOPMENT OFFICER,
민주평통위원, (사)한국청년정책연구소 탈북청소년담당 이사, 경상남도 북한교류위원회 전문
위원, 새누리당 울산광역시당 청년위원장 등을 역임했다.
저서로는 중편소설 『소년약전(少年略傳)』이 있다.

오래된 약속 그리고 새로운 약속

2023년 10월 25일 초판인쇄
2023년 10월 30일 초판발행

지 은 이 하 종 호
펴 낸 이 한 신 규
본문디자인 김 영 이
표지디자인 이 은 영
펴 낸 곳 글터

주소 05827 서울특별시 송파구 동남로11길 19(가락동)
전화 070-7613-9110 **팩스** 02-443-0212 **E-mail** geul2013@naver.com
홈페이지 http://www.mun2009.com
출판등록 2013년 4월 12일(제25100-2013-000041호)

출력 GS테크 **인쇄 · 후가공** 수이북스 **제본** 보경문화사 **용지** 종이나무

ⓒ 하종호, 2023
ⓒ 글터, 2023, printed in Korea

ISBN   979-11-88353-59-0 03810   03810   **정가** 21,000원